Neue Rundschau

Begründet von S. Fischer
im Jahre 1890
S. Fischer Verlag

Die Neue Rundschau wird herausgegeben
von Hans Jürgen Balmes und Alexander Roesler

Der Schwerpunkt *Neue ungehaltene Reden ungehaltener Frauen* wird von Friedrich W. Block und Friederike Emmerling herausgegeben.

Ungehaltene Reden ungehaltener Frauen ist ein Projekt der Stiftung Brückner-Kühner und des S. Fischer Verlags in Kooperation mit dem Archiv der deutschen Frauenbewegung, der Stadt Kassel und dem Hessischen Rundfunk.

Redaktion: Sophie von Heppe

Die Neue Rundschau erscheint dreimal jährlich.
Preis des Einzelheftes: 17 Euro, Bezugspreis jährlich: 43 Euro (inkl. Porto)
Berechnung jährlich Ende Dezember. Das Abonnement ist jederzeit kündbar.

Heft 1/2022 133. Jahrgang
Veröffentlicht im S. Fischer Verlag GmbH, Frankfurt am Main

Umschlaggestaltung: hißmann, heilmann, hamburg
Typographie und Herstellung: Frank Geck
Druck und Bindung: CPI books GmbH, Leck
Printed in Germany 2022
ISSN 0028-3347
ISBN 978-3-10-809129-3

Postvertriebsnummer D21222F

Inhalt

Ungehaltenes Vorvorwort

Als ich den ersten Korrekturgang dieser *Neuen Rundschau* auf meinem Rechner öffnete und freudig durch das Inhaltsverzeichnis scrollte, dachte ich erst, die Rubriken jenseits der Ungehaltenen Frauen seien ein Überbleibsel aus einer alten Datei. Schmunzelnd markierte ich die Seite mit einem großen Fragezeichen, bevor ich in die Reden abtauchte. Ein rauschhaftes Gefühl ergriff mich. So stolz war ich. Und glücklich, all diese Stimmen hier versammelt zu lesen. Bis ich die letzte Rede gelesen hatte. Und verstand, dass es noch weiterging. Mit den klassischen Rubriken dieser Literaturzeitschrift. Hatten wir uns nicht auf eine Sonderausgabe verständigt? Kennen Sie das Gefühl, wenn man denkt, etwas könne nicht sein, weil es einfach nicht sein kann? Hatten wir das etwa nie abschließend geklärt? Als ich weiterlas, wurde mir schwindelig. Männer, Männer, Männer. In das letzte Drittel dieser Ausgabe hatte sich nicht ein einziger weiblicher Text verirrt. Nicht dass hier ein Missverständnis entsteht. Ich habe nichts gegen Männer. Ganz im Gegenteil. Und auch die Texte in Lyrikradar, Moby-Dick und Carte Blanche sind für sich besehen großartig. Trotzdem sind sie in dieser speziellen *Neuen Rundschau* fehl am Platz. Wenn eine Ausgabe so vor weiblicher Kraft strotzt, dass sie nicht weniger als einen Aufbruch in eine neue Ära der Ungehaltenen verkündet, muss man die Wucht doch aufnehmen und sie behutsam weitertragen. Mit Frauen beenden, was mit Frauen beginnt. Dazu hätte es – Sonderausgabe hin, Schwerpunkt her – nichts weiter als minimales Fingerspitzengefühl gebraucht. Auch die Rubriken hätten samt und sonders den Frauen gehören müssen. Wie konnte so etwas passieren? In einem Verlagshaus mit zwei Frauen an der Spitze? Das Wort UNGEHALTEN bekam auf einmal eine schmerzhaft körperliche Dimension. Alexander Roesler, einer der Herausgeber dieser

Literaturzeitschrift, bekam sie mit voller Wucht zu spüren. Und da muss ich jetzt sagen: Chapeau. Weil er diese Wut sehr tapfer ertragen hat und noch weitaus mehr. Denn als ich ihm sagte, dass dieses Magazin auf keinen Fall rauskommen dürfe ohne ein Vorwort, dass sich für diese Zusammenstellung entschuldigt, sagte er: »Ja. Du hast ja recht. Beschreib, wie es ist. Beschreib, dass die Neue Rundschau ausschließlich männliche Herausgeber hat. Und dass sich da was ändern muss. Und beschreib, dass wir offenbar immer noch viel zu wenig verstanden haben, obwohl wir denken, wir hätten alles verstanden. Aufgeben darf jetzt keine Option sein«, rief er, mittlerweile selbst völlig ungehalten, »sondern eben NICHT aufgeben. Lass uns das Beste aus diesem Vorgang machen, damit uns so etwas nicht noch einmal passiert.« Sie merken, ich habe ihn gnadenlos beim Wort genommen. Und freue mich mittlerweile über diese Auseinandersetzung. Dinge sind in Bewegung geraten. Es fühlt sich an, als ob diese Publikation an ihrem Konflikt gewachsen ist. Aus dem Schwerpunkt *Neue ungehaltene Reden ungehaltener Frauen* ist ein ungehaltenes Buch geworden. Ein Buch, das seine Widersprüche und Konflikte offenlegt. Es ist definitiv nicht perfekt geworden, aber es ist ehrlich. Und macht eines ganz deutlich: Es bringt nichts, einfach nur auf Verbesserungen zu hoffen. Wir werden schon selbst dafür sorgen müssen, dass sie auch wirklich stattfinden!

Friederike Emmerling

Vorwort
Was es braucht, ist Mut

Ungehaltene Reden ungehaltener Frauen lautete die mehrdeutige Formulierung, die Christine Brückner (1921–1996) als Untertitel für ihr Buch *Wenn du geredet hättest, Desdemona* wählte. Sie machte damit umgehend klar, worum es in diesem 1983 erschienenen Bestseller ging: um ungehaltene Frauen, deren Reden nie von ihnen selbst gehalten werden konnten. Das wäre schon rein praktisch unmöglich gewesen, weil sich ausschließlich Frauen aus Geschichte, Literatur oder Mythos in dem Buch versammeln. Ihnen erfand die Autorin im Nachhinein Ungehaltenes und gab ihnen eine Stimme, die aufhorchen und nachdenken ließ. Sowohl als Buch wie auch auf Theaterbühnen haben diese Monologe ein großes Publikum erreicht. Was hätten diese Frauen wohl gesagt, wenn sie selbst hätten sprechen können? Wir werden es nie erfahren, aber Christine Brückner hat uns mit ihren ungehaltenen Reden klargemacht, dass das Unausgesprochene immer weitaus stärker tobt, als Stille vermuten lässt. Das lässt eigentlich nur eine Frage zu: Warum halten heute noch immer so wenig ungehaltene Frauen eine Rede? Die Antwort könnte schlicht und einfach sein: Der Anlass fehlt. Wozu eine Rede schreiben, wenn niemand zuhört?

Christine Brückners 100. Geburtstag im Jahr 2021 bot genau die richtige Gelegenheit, um neuen ungehaltenen Reden ungehaltener Frauen eine Bühne zu bieten. 2020 startete die Stiftung Brückner-Kühner im Rahmen des Kasseler Komik-Kolloquiums zum Thema *Sex und Komik* ein kleines Pilotprojekt. Nora Gomringer, Katja Lange-Müller und Stefanie Sargnagel hielten jeweils eine ungehaltene Rede im Komik- und Erotik-Kontext. Ihr Furor war beeindruckend. Und weil diese drei Reden den inoffiziellen Auftakt zu diesem Projekt bildeten, freuen wir uns, dass auch sie in diesem Buch zu finden sind. Unabhängig von diesem sehr speziellen literarischen

Kontext sollte beim Ungehalten-Projekt aber jede erdenkliche Form von Rede erlaubt sein, solange sie ein persönliches und gesellschaftlich relevantes Anliegen zu verhandeln hatte.

2021 war es dann so weit. Die Stiftung Brückner-Kühner und der S. Fischer Verlag riefen Frauen im deutschen Sprachraum dazu auf, sich mit einer selbst verfassten Rede für die Geburtstagsveranstaltung am 10. Dezember 2021 zu bewerben. Sechs von ihnen sollten ins Kasseler Rathaus eingeladen werden. Zu Beginn des Jahres war es schwer absehbar, ob sich überhaupt Frauen für das Projekt interessieren und auf die im April erfolgte Ausschreibung reagieren würden. Denn schon die Bewerbung war aufwändig. Es reichte nicht nur, eine Rede zu schreiben. Die Rednerinnen mussten ihre Rede auch schon ein erstes Mal halten und sich dabei filmen; nicht um ein kunstvolles Video zu gestalten, sondern um zu zeigen, dass sie ihre Sache auch mündlich vertreten können. Erst mit diesem Video konnten sie sich dann bei uns bewerben.

Schon früh gab es eine kleine Gruppe an Verbündeten, die sich erst zu einem Think Tank und später zu einer Jury formierten. Neben uns beiden Kuratierenden von der Stiftung Brückner-Kühner und dem S. Fischer Theaterverlag waren das die Dramaturgin Julia Hagen, Dr. Gilla Dölle vom Archiv der deutschen Frauenbewegung Kassel und Karoline Sinur vom Hessischen Rundfunk. Gemeinsam bangten wir, ob überhaupt eine Rede kommen würde. Doch sie kam! Und mit ihr kamen noch viele weitere. Insgesamt 119 Videos von Rednerinnen im Alter von 16 bis 80 Jahren wurden eingereicht. Filme über Filme, die bis in den Herbst hinein von der Jury beeindruckt gesichtet wurden. Das Ergebnis überstieg bei weitem unsere Erwartungen. Gerade die Vielfältigkeit all dieser Stimmen, Anliegen und Redeweisen war überwältigend: geschliffen oder improvisiert, frei heraus oder perfekt performt, laut, leise, höflich, wissenschaftlich, anklagend, wütend, mit jeder Rede öffnete sich ein neuer Kosmos.

Schnell wurde klar, dass man all diesen Reden mit der Veranstaltung zu Christine Brückners 100. Geburtstag allein nicht gerecht werden konnte. Es war schon schwer genug, aus diesen Reden sechs auszuwählen. Was aber sollte mit all den anderen Reden geschehen? Wir wollten so viele wie möglich sichtbar machen und versuchten, alle uns zur Verfügung stehenden Mittel zu nutzen. Die Stiftung Brückner-Kühner gab den ungehaltenen Reden mit der Plattform *ungehalten.net* eine digitale Heimat. Hier können die Filme vieler Rednerinnen wieder und wieder angeschaut werden. hr2-Kultur strahlte einen vollständigen Mitschnitt der sechs Reden für ein großes Publikum aus. Das war wichtig, weil – bittere Ironie des Schicksals – das leibhaftige Publikum zu Christine Brückners Geburtstag wegen Corona wieder ausgeladen werden musste. Glücklicherweise fand die Veranstaltung trotzdem statt und wurde über einen Livestream in die Welt gesendet. Auch dieser Film ist auf *ungehalten.net* zu finden. Damit die Reden immer wieder nachgelesen werden können, braucht es natürlich auch einen Abdruck. Das Ergebnis halten Sie in der Hand: *Neue ungehaltene Reden ungehaltener Frauen.* Neben den sechs ausgewählten Reden von Maelene Carlotta Lindgren, Dorothea Ahlemeyer, Karin Schwalm, Sandra Rosas, Çağla Şahin und Marie-Alice Schultz befinden sich noch viele weitere außergewöhnliche Reden in diesem Heft. Auch wenn nicht alle Reden abgedruckt werden konnten, ist uns in den letzten Monaten klar geworden, dass hier der Weg das Ziel ist. Christine Brückners 100. Geburtstag fühlt sich an wie ein Anfang und ein Aufbruch. Ungehaltene Frauen halten ungehaltene Reden. Davon kann es niemals genug geben.

Bei der Lektüre dieser Rundschau werden Sie merken, dass die abgedruckten Reden sehr unterschiedlich sind: Manche sind eng verbunden mit der Biografie der Rednerinnen, manche zeigen harte Realitäten, andere sind fiktiv oder auch poetisch, mal lustig und mal erschütternd. Wenn Maelene Carlotta Lindgren die gesellschaftliche Benachteiligung kranker Menschen anprangert und Dorothea Ahlemeyer die Ambivalenz des Mutterseins beschreibt, wenn Miriam Miedler von ihrer Fehlgeburt spricht und Çağla Şahin sich endlich nicht mehr schämen will, wenn Sandra Rosas von ihrem Missbrauch erzählt und Hannah Perleth von der Angst, nachts Zug zu fahren, wenn Julia Trompeter viel redet und doch nie zum Punkt kommt und Marie-Alice Schultz ihre Hand zur Faust werden lässt, wenn Karin Schwalm das Ende der Aufrüstung beschwört und die junge Lena Krug sich Sorgen um die psychische Gesundheit ihrer Generation macht, wenn Maria Milisavljević die Quadratur des Smoothies und Selma Matter die Hitze zu beschreiben versuchen, wenn Olga Prokot darauf hinweist, wie wenig wir eigentlich über Arwen wissen, Verena Joos als Malwida von Meysenbug Christine Brückner etwas Ungehaltenes erwidert und Paula Thielecke und Marlene-Sophie Haagen eine Idee zur Befreiung von Geschlechterzuschreibungen formulieren – dann zeigt sich an dieser Themen- und Formfülle, dass einfach alles möglich sein kann. Alles, was es dazu braucht, ist eine Aufforderung, ein Rahmen, ein Publikum – und

Mut. Denn das haben wir spätestens am 10. Dezember 2021 gelernt: Es braucht sehr viel Mut, um sich mit so persönlichen Reden einem fremden Publikum auszusetzen. Was für ein Glück für uns, dass sich so viele Frauen getraut haben! Und wer weiß? Vielleicht werden sich in den kommenden Jahren noch viel mehr Frauen trauen, das Ungehaltene endlich hörbar werden zu lassen. Wir hoffen es sehr.

Friederike Emmerling und Friedrich W. Block

Marie-Alice Schultz
Faustdick

Rede an meine Hand

Ball, ball dich, zieh dich zusammen! Dies ist mein Auftrag an dich, Hand. Lassen wir das Hirn außen vor. Es hat zu viele Bedenken. Ist zu sehr um Ausgleich bemüht. Wir brauchen etwas anderes, Hand! Etwas Direktes, das ins Mark fährt. Ein Klang dazu, ein satter. Ein Signal: bis hierhin und nicht weiter. Eine Schranke, die herunterschnellt. Mit voller Wucht.

Hand, ich wünschte, etwas ergriffe dich! Nein, besser: du packtest selbst zu. Weil, Hand, da gäbe es einiges, das zu richten wäre. Von dir muss es ausgehen. Ein Beben erst, ein Zittern, Glut im Gelenk. Dann ein Auffachen, ein Packen, ein Rumms! Spann dich, dass die Knöchel weiß heraustreten, drück mit aller Kraft, press die Fingernägel in die Ballen, bis nichts mehr dazwischen passt. Kompakte Kugel, so will ich dich, Hand!

Sieh mich in Bedrängnis! Ein Grollen im Magen. Meine Wut wabert, ist diffus und weitläufig. Fahrig meine Bewegungen, bleibe ich höflich-besonnen. Vorerst.

Man rät mir, durchzuatmen. Angesichts dieser, meiner Unruhe, dieses nervösen Zugs meinerseits, durchzuatmen. Und schon, so meinen meine Ratgeber, *alles weg und verpufft.* Dieses Achtsamkeitsgefasel ödet mich an, nie war ich so wach wie jetzt, inmitten meiner Wut. Ich bin kreuzlebendig, das Herz pocht vor Erregung. Bis zum Hals steht mir die Ablehnung. Ich möchte nicht herunterkommen, eins werden mit der Umgebung, keinesfalls! Was mich umgibt, ist voller Ungerechtigkeit, da möchte ich nicht verschmelzen.

Hinter einem gezielten Schlag könnte sich versammeln, was mir missfällt. Eine Klammer meines Unmuts. Ein farbiger Fleck, der markiert: Hier stimmt etwas nicht. Hier komme ich nicht mehr weiter. Dabei spreche ich ja. Ich spreche und spreche inwendig.

Kurz dachte ich, mit Argumenten regelt man alles. Hielt die Stimme ruhig und die Worte konstant. Senkte die Augen. Kurz dachte ich, man überzeugt, wenn der Inhalt überzeugt. Stimmt leider nicht, es kommt noch etwas anderes hinzu. Während ich grüble, was es ist, brüllt es aus Lautsprechern. Wer etwas zu sagen hat, schreit und teilt. Es kreisen die Bilder, die Zeilen. Meine Lider flackern, ich verliere den Fokus, kommentiere nichts mehr. Meine Wut bleibt wortlos, bleibt ohne Spur, ohne Hashtag. Jenseits des Displays entdecke ich Ärgernisse, dicht gestreut.

Ich laufe durch die Stadt, Hand, ich balle dich in der Tasche.

Stoße mich an: dem Haus, das sie abreißen. Der Stadt, die einbricht. Gern wäre ich stärker als der Bagger, hielte ihn auf. Hier untergraben sie das Wohnen. Hier bauen sie Zäune. Teilen ein in: stark und schwach, in: mit Geld und ohne. Ich wünsche den Häusern ein Gerüst aus Stahl. Ich laufe weiter.

Stoße mich an: den Obdachlosen vorm Bahnhofsgebäude. Ihren geschwollenen Gesichtern. Ich denke: Wer war das? Und war es nachts? Hinterhältig? Einer schließt die Augen, der andere schlägt zu? So meine ich es nicht, Hand. Dieses Zuschlagen will ich nicht. Kein Ausliefern der Schlaftrunken-Schwachen. Den Obdachlosen wünsche ich ein Stahlvisier. Ich laufe weiter.

Stoße mich an: den Autos wie Panzer, immer größere Geschosse. Sie drängen mich zur Seite, bis ich zur Fußnote der Straße werde. Eingepfercht zwischen Blech mein Körper. Abgedrängt. Fühle mich schutzblechlos-schwach. Ich wünsche mir: Knochen aus Stahl.

Ich scheitere an: dem Lärm, dem Getöse, der Enge, dem ständigen Ausweichenmüssen, Ohrenverschließen. Schnell, schneller und lauter, eine Stimme im Radio: nervig-schrill-penetrant. Wie sie mir jede Silbe in den Gehörgang schleudert, wie alles anhebt zu einem einzigen universalen Rauschen, das meine Gedanken überdeckt. Noch eine Meinung, die kommentiert, was ausschließlich sie betrifft, als sei die Welt einzig angelegt für sie. Ihr Faseln in eigener Sache. Ohne jeglichen Körpereinsatz, hinter Glas, außer Gefahr. Für wahre Empörung bleibt keine Zeit. *Merk es dir oder mach ein Foto! Vielleicht lässt sich später eine Story draus bauen.* Diese ganze Borniertheit, die am Ende noch meint, die freie Meinungsäußerung zu verteidigen und sich eigentlich ein Bügeleisen wünscht, ein Bügeleisen, Hand, du hast richtig gehört, genau das ist der Anspruch: nichts möge überstehen, alles sauber, faltenfrei und politisch unbedenklich. Für die eigene Haut. Dabei braucht man nur auf die Straße zu treten, und die Probleme springen einen an. Ist man nicht als Mensch zuständig, sobald sie einem auffallen? Müsste man nicht eingreifen? Wortwörtlich eingreifen, Hand! Ich kann nicht mehr ruhig sitzen und zusehen, wie alles flach und flacher wird, hinter Farbfiltern verschwindet. Raus auf die Straße, Hand! Ein Eingreifen ist mehr als notwendig.

Hand, ich werde dich fortan *Faust* nennen! Faust, weißt du was? Ich will gar keinen Frieden mehr. Das war mal, ich mit sechzehn und die Haare rot gefärbt. Da bin ich angetreten. Außen rot der Kopf und innen die guten Ideen und das Kämpfen dafür mit den richtigen Mitteln. Wobei, Faust, stimmt nicht ganz. Jemand hat ins Abibuch geschrieben, unter meinem Namen, in der Zeile *Traumberuf*, dort, wo die Mitschüler eintragen, was zu einem passen könnte, in diesem Fall: zu mir. *Traumberuf: Amokläuferin.* Kommst du doch nicht drauf, Faust! Dass dir das jemand zutraut. Diese allerletzte Konsequenz. Hab tatsächlich gedacht: Jetzt werd ich es. Amokläuferin, na gut. Wenn ihr wollt, ergreife ich diesen Beruf. Schien mir schlüssig, aber dann war ich doch zu still. So eine Amokläuferin, Faust, die muss laut sein. Einen Knall erzeugen. Eine Waffe besitzen. Das ging mir zu weit. Vorerst mit Worten ballern, wollte ich. Aber meine Erfahrung ist, Faust: So ein Wort ist leicht verklungen. Hinterlässt nichts. Außer du legst nach. Jahrelang, Jahrzehnte. Immer benennen, was hakt. Mag sein, sie hören dich dann. Aber so im kleinen Format, Faust, bewirkt ein Wort gar nichts. Da wirken ganz andere Kräfte.

Wir müssen den Radius vergrößern, Hand, die du jetzt Faust heißt, hol aus und schlag zu!

Ich propagiere: Die Wiedereinführung des Faustschlags aus ästhetischer Notwendigkeit! Das furchtlose Zupacken! Mag befremdlich klingen, aufgeheizt und kopflos. *Wird sich wieder legen*, sagen sie. *Legt sich nicht*, sage ich. Das sitzt tiefer. Das brennt und glüht bis morgen und darüber hinaus.

Nachts träume ich vom Boxring, Faust! Ich bin kaum größer als bisher, doch unendlich stärker, körperlich überlegen. Wo Gedanken waren, sind jetzt Muskeln. Stränge, durch die es pulsiert. Ich will für die gute Sache eintreten, Faust! Ich will austeilen. Durchsetzen ist eine Frage der Schlagkraft, das habe ich jetzt kapiert. Keine Zwischentöne mehr, keine zarten Andeutungen. Ab durch die Mitte und auf die Zwölf! Ellbogen stecken die

Bereiche ab. Der Welt fehlt ein Ringrichter, alles aus dem Ruder. Aber keine Furcht, Faust, mittenrein da! Nicht nachlassen jetzt!

Nicht mein liebstes Mittel, Faust, natürlich nicht! Während alles sich anspannt, bereit, loszuschlagen, ergreift mich eine tiefe Traurigkeit, zieht mich zu Boden, denn eigentlich will ich das gar nicht. Dieses Rohe, Faust, ist mir zuwider. Ich spüre, wie der Magen abermals krampft. Doch etwas treibt mich voran, lässt mich wieder aufspringen, Faust! Was ist das für ein Durcheinander? Ich verstricke mich. Hänge in den Seilen, japse nach Luft. Da müssen wir durch. Dass wir die Mittel nicht mehr selbst wählen, dass wir antreten nach ihren Gepflogenheiten. Windhundprinzip. Die Stärkeren voran. Diese Rangfolge fechten wir aus. Nachts machen wir sie platt, Faust! Sie, die Bulldozer. Wir, die Schranke, die Straße, die Schlacht. Nicht umsonst hart trainiert, Faust! Los jetzt. Für die Sache! Wenn die Richtigen die falschen Mittel einsetzen, bleibt es doch immer noch richtig, oder, Faust? Von der Sache her? Bleibt doch gerechtfertigt? Harte Bandagen, hehre Ziele? Ich kann jetzt nicht mehr zurück. Muss mich durchschlagen. Wurde nicht alles Große mit einem Knall durchgesetzt?

Kein Pakt mit dem Teufel diesmal, das regeln wir allein. Wir, inmitten des Rings. Viel zu klein, eigentlich. Viel zu schwach. Aber jetzt Flutlicht und Gegröle. Und ich hole aus, Faust! Spanne dich, hart und treffsicher! Schleudere dich in die Nacht, wie einen aufziehenden Mond. Los jetzt, Faust! Setz alles durch, all meine Forderungen, bereits tausendfach gewendet in meinem Kopf. Plötzlich verwirklicht, durch einen gezielten Schlag. Jetzt regiere ich. Kraft meiner Hand. Die Welt ordnet sich neu. Die Obdachlosen knattern in ihren Riesenschlitten durch die Nacht. Ein Zaun fällt um, ein Bagger schweigt. Im Blech lauter Beulen. Fortan reden die Leisen. Sie sprechen ganz verständliche Dinge. Und jeder hört ihnen zu. Wie leicht das ging, Faust! Wie schlicht und ohne großes Gepose. Substanz sickert zurück. Da trifft es mich rücklings. Verhaltene Blicke in meine Richtung. Rede auch ich zu viel, zu laut?

So ist es, sobald man vorne steht, möchte man nicht mehr nach hinten abfallen. Doch es zieht mich eine Hand am Nacken. Faust, du hast dich gelöst. Machst mir deutliche Zeichen, ich solle den Platz räumen, den Kanal freigeben. Andere wollen senden. Ich verleihe ihnen den hohen Orden des Schweigens, denn alles ist jetzt umgekehrt. Und doch bleibt einiges zu sagen, hörbar, wenn man nicht drüberfährt. Still, Hand, still, wir wollen ihnen lauschen!

Çağla Şahin
Das zweite Leben

Zwei Leben zu führen ist nichts Einfaches. Noch schwieriger aber ist es, wenn diese beiden Leben nicht unterschiedlicher sein könnten und nebeneinander, gleichzeitig und parallel gelebt werden müssen.

Ich lebe zwei Leben. Mein erstes Leben habe ich zuerst gelebt. In jenes wurde ich hineingeboren. Es ist das, was ich für meine Mutter und meine Familie lebe. Früh habe ich von ihnen gelernt, dass sie das Sagen haben. Sie sind die, die bestimmen durften, wie mein Leben auszusehen hat. In meinem ersten Leben war außerdem der Weg hin zur Religion und der türkischen Kultur der richtige. Für mich war immer alles richtig, was damit zusammenhing, und ich konnte dank der Kultur und der Tradition fast alles akzeptieren. Ich konnte mir damit erklären, warum ich als Einzige immer schon sehr früh zu Hause sein musste, während meine Freunde noch stundenlang draußen sein durften. Erklärte mir, warum ich nie mit Jungs richtig gut befreundet sein durfte. In diesem ersten Leben schien alles, was ich für meine Familie tat, immer so logisch.

Dann kam das zweite Leben. Es war ein ganz anderes Leben. Das zweite Leben war die Möglichkeit, ein eigenes Leben zu haben, doch das natürlich nur im Geheimen. Es war ein Trostspender. Es war das Leben, das ich für mich sich selbst leben durfte. Ein Leben, in dem ich sein konnte, wie ich schon immer sein wollte.« – Dies war ein Auszug aus meinem Tagebuch vom August 2016. Zu dem Zeitpunkt war ich 19 Jahre alt. Heute führe ich zum größten Teil meiner Zeit nur noch ein Leben – ich führe das zweite Leben.

Das Thema, über das ich heute daher ungehalten sprechen möchte, ist, was es für mich bedeutet, als muslimische türkisch sozialisierte Frau aufzuwachsen und sich davon durch harte Arbeit zu befreien.

Was mich persönlich schon seit meiner frühsten Jugend sehr prägt ist der Satz: »Das Erste, was ich nach dem Sprechen gelernt habe, war das Lügen.« – ich kann auf Türkisch tatsächlich nicht besonders gut sprechen, aber dafür besonders gut lügen. Das musste und muss ich auch können, um das Scheinbild meines ersten Lebens einer idealen Tochter, Enkelin, Nichte, Schwester oder Cousine aufrechtzuerhalten. Als muslimisch-türkische Frau gibt es viele, denen man mit dem eigenen Verhalten, dem Aussehen oder mit den Dingen und Menschen, für die man sich interessiert, auf die Füße tritt. Schnell lernt man da, dass man besonders gut lügen können muss, um zumindest für einen kleinen, geheimen Teil ein selbstbestimmtes Leben zu führen.

Wir lernen schon früh, dass unsere männlichen Genossen es etwas leichter haben. Schon als kleine Mädchen bekommen wir beigebracht, was sich gehört und was nicht. Doch vor allem lernen wir eine Sache am besten und am meisten: Wir lernen uns zu schämen.

Wir schämen uns für unser Aussehen. Für die Art wie wir sprechen. Wir schämen uns, wenn wir Besuch zu Hause haben und unsere Mutter aufsteht und Tee serviert – und nicht wir selbst – weil wir nicht daran gedacht haben. Wir schämen uns für unsere Periode. Für Körperhaare. Wir schämen uns für unsere Aussprache und unseren türkischen Dialekt. In der Türkei wiederum schämen wir uns für unser schlechtes Türkisch. Dafür, dass wir die Gepflogenheiten dort nur flüchtig kennen. Schämen uns bei Besuchen im Dorf für unser westliches Auftreten. Für unsere Kleidung. Für unsere Offenheit. In Deutschland dann aber wieder für unser Zurückhalten. Wir schämen uns für unsere Unerfahrenheit. Dann werden wir älter, unsere Freund*innen fangen an sich zu verlieben, die ersten Beziehungen zu führen und sich sogar zu küssen. Jetzt fängt das Schämen erst richtig an. Wir schämen uns vor allem für unsere Sexualität. Dabei stehen wir auf Jungs, ist ja klar. Schämen uns aber trotzdem dafür. Wie sehr würden wir uns erst schämen, wenn wir auf Mädchen stehen würden? Oder gar auf beides? Oder nichts davon? Wir schämen uns, wenn wir unseren ersten Kuss haben. Unseren ersten Freund haben. Erst recht, wenn wir Lust empfinden.

Wir schämen uns vor Nacktheit. Davor uns selbst nackt zu zeigen und andere nackt zu sehen. Die anderen Mädchen reden über Geschlechtsverkehr, Selbstbefriedigung und ziehen sich dabei ohne Scham in der Gruppenumkleide nach dem Sportunterricht um. – Sex? Was soll das sein?

Auch etwas, für das wir uns schämen. Vor allem, wenn wir welchen haben wollen oder gar hatten. Dann ist die Scham so groß, dass man am liebsten sterben will oder man googelt: »Welche Frauenärzt*innen nähen mein Jungfernhäutchen bzw. Hymen eigentlich wieder zusammen?«

So könnte ich nun bestimmt Stunden weitermachen und Ihnen erzählen, für was ich mich alles geschämt habe. Was mich daran ungehalten macht ist, dass ich inzwischen 24 Jahre alt bin und noch immer lüge. Ich schäme mich auch noch immer. Dabei bin ich eine junge Frau, die sich seit über einem Jahr für Gleichberechtigung einsetzt. Die in verschiedenen Kollektiven organisiert ist und für besseren Umgang mit FLINTA (also Frauen, Lesben, Inter-Sexuelle, Non-Binäre, Trans-Sexuelle und A-Sexuelle) einsteht, die dafür demonstriert, Artikel schreibt, Aufklärung betreibt und ihre Stimme erhebt. Um sich am Ende dann doch zu schämen, wenn die Oma fragt, wann man denn eigentlich endlich heiraten wird.

Was passiert im Laufe unserer Erziehung mit uns, dass wir so große Angst davor haben, was andere von uns denken – vor allem, was unsere Sexualität angeht? Warum empfinde ich Ekel dabei, über das Masturbieren zu sprechen? Warum traue ich mich nicht, mit den Menschen zu schlafen, auf die ich Lust habe? Warum ist es mir wichtig, wie ich dabei aussehe? Warum schäme ich mich so viel? Und so schnell? Und für alles was ich tue, sage und denke? Warum wurde ich so erzogen?

Wir müssen dringend über Scham reden. Und darüber, wie sehr wir uns für die natürlichsten Dinge wie Sexualität, Zuneigung, Selbstbefriedigung, Anziehung, Nacktheit und Körperbehaarung schämen. Lasst uns über unsere Körper sprechen. Über Sex. Über unsere Menstruation. Über ätzende Väter, Brüder, Onkel und Cousins, die uns immer sagen, was wir zu tun und zu lassen haben. Lasst uns über den toxischen Umgang in der Erziehung durch unsere Tanten, Mütter und Omas reden, die die perfekten Ehe- und Hausfrauen aus uns schaffen wollen. Lasst uns unsere Strukturen hinterfragen. Lasst uns Muster aufbrechen. Lasst uns die Religion hinterfragen. Lasst uns Homosexualität und Queerness normalisieren. Lasst uns über übergriffiges und grenzüberschreitendes Verhalten unserer Familienmitglieder sprechen. Lasst uns über psychischen Druck sprechen, der ausgeübt wird durch emotionale und finanzielle Abhängigkeiten. Über unsere mentale Gesundheit. Darüber, wie wir unser ganzes Leben lang bevormundet und kleingehalten werden. Lasst uns über Gewalt sprechen, der so viele Menschen in ihren Familien ausgesetzt sind.

Lasst uns endlich aufhören, über all das zu schweigen.
Wir müssen dringend anfangen, über uns zu sprechen.

Mir ist bewusst, dass nicht alle Menschen, die muslimisch-türkisch sozialisiert wurden, das erleben mussten, was ich hier beschreibe. Aber ich habe es satt, mich zu schämen. Ich möchte, dass sich keine Person dieser Welt, ganz egal wie sie sozialisiert ist, weiterhin dafür schämt, wer sie ist. Denn das, was hinter meiner persönlichen Sozialisierung als muslimisch-türkische Frau steckt, ist viel Schmerz und Frust. Angst, Verstecken. Viele, viele Lügen. Hass, Gewalt und Wut.

Ich möchte offen über Sex reden. Sex mit Männern und Frauen und allem, was dazwischen und darüber hinausliegt. Ich möchte unrasiert, nackt und hemmungslos in einen See springen. Ich möchte mich falsch, frech und fordernd verhalten, ohne mich zu schämen und mir hinterher den Mund zu verbieten. Es macht mich ganz persönlich ungehalten, dass ich nicht ungehalten bin, wenn es um das Besiegen meiner eigenen Scham geht. Ich will, dass das ein Ende hat. Ich bin laut! Ich bin ungemütlich! Und vor allem bin ich eins: eine Frau, die sich nicht mehr für etwas schämen will und muss.

Julia Trompeter
Titanic

Wir hatten ja längst vorgehabt, darüber zu sprechen, also, ich hatte das vorgehabt, beziehungsweise fest vor, habe das immer noch vor, auch jetzt, habe es vor, vor mir, es liegt vor uns, also das, worüber wir sprechen sollten, seit Monaten schon, ach was, seit Jahren. Wie viele sind das eigentlich, also wie viele Jahre, die wir uns jetzt kennen, uns umschiffen, als wäre jeder von uns zugleich die Titanic und der Eisberg, und kann man das sein, zwei Dinge auf einmal, oder kriegen wir da ein massives Identitätsproblem? Also, wenn wir das haben, so ein Identitätsproblem, oder besser gesagt zwei solcher Probleme bei jedem von uns, dann wären das schon vier Identitätsprobleme, denn zweimal zwei macht vier, und weißt du was? Ich finde das so geil, dass du mir jetzt nicht widersprechen kannst, dass du nicht sagen kannst, halt, stopp, zweimal zwei ist doch gar nicht vier, sondern fünf oder sechs oder was auch immer, dass du jetzt nicht zu einem endlosen Vortrag ansetzen kannst, bei dem du mir dann genau erklärst, warum zweimal zwei gar nicht vier ist, sondern ... usw. Dir wäre da sicher was zu eingefallen, dir fällt ja meistens was ein, wenn es dazu dient, dem zu widersprechen, was ich sage. Aber egal. Oder besser gesagt, nicht egal, gar nicht egal, denn heute rede ja ich. Oder besser gesagt wir: Das Eisberg-Ich und das Titanic-Ich, wir beide wollen dir heute endlich sagen, was Sache ist. Wie viele Jahre kennen wir uns eigentlich, und ist diese Frage erheblich oder bloß erhebbar, bloß eine vage Möglichkeit unter so vielen Fragen, die vielleicht ganz und gar überflüssig sind? Zehn Minuten sind eine lange Zeit, doch verglichen mit der Zeit, die ich bereits damit verbringen durfte, dir zuzuhören, mit schiefgelegtem Kopf und einem Lächeln, das seine Zweifel zu verbergen weiß, verglichen mit dieser Zeit sind diese zehn Minuten nichts, gar nichts. Eine Unsumme, eine Negativ-Zahl, eine

Zeitspanne, die sich selbst auffrisst, wie alle Zeit der Welt sich irgendwann auffrisst. Einigen wir uns einfach darauf, dass wir uns schon ziemlich lange kennen, lange genug jedenfalls, um endlich mit dem Ehrlichsein anzufangen. Ehrlich die ungeschminkte Wahrheit auf den Tisch zu legen, denn die Wahrheit sieht ungeschminkt genauso anders aus wie ungeschminkte Frauen anders aussehen als geschminkte, und wenn es geschminkte Hunde gäbe, dann sähen die auch anders aus als ungeschminkte Hunde, das ist nur logisch, weißt du, denn ich kann logisch denken, und nicht nur das, ja, ich kann nach all den Jahren sogar logisch fühlen. Und das ist überhaupt das Allerbeste, was einem im Leben passieren kann: logisch zu fühlen. Warum das so ist, ja, das werde ich dir nun erklären, denn ich habe noch einige Minuten meiner Zeit übrig, und das ist super, denn was ich zu sagen habe, ist wirklich wichtig. Und niemand wird mir durch einen leeren Blick in eine leere Zimmerecke signalisieren, dass ich mir meine ungeschminkte Wahrheit bitte verkneifen solle, dass meine ungeschminkte Wahrheit hier niemanden interessiere, dass es doch ohnehin viel besser sei, geschminkt unterwegs zu sein, oder zumindest teilweise geschminkt, also wenigsten die Augen oder den Mund zu schminken, und dann entweder nicht mit den Augen zu klimpern oder nicht zu reden, oder wenn, dann höchstens Blabla oder Blubbblubb, oder darüber, warum der Dortmund-Tatort mal besser war, aber immer noch der beste von allen ist, weil da nämlich dieser leicht wahnsinnige Choleriker mitspielt, und … Ja, ja, ich weiß, was du jetzt sagen willst, nämlich, dass der gar kein Choleriker ist, sondern bloß emotional und eben nicht so eine weichgespülte Lusche wie der Typ in Saarbrücken, der zum Glück aufgehört hat. Und jetzt, mein Lieber, kann ich dir zum Beispiel endlich mal ganz ungeschminkt sagen, wie sehr ich Devid Striesow mag, und dass ich mich immer frage, ob seine Eltern vielleicht kein Englisch konnten, als sie seinen Namen ersannen, dass mich das aber nicht weiter interessiert, denn, egal wie dieser Mann heißt, ich liebe ihn.

Also, das war nicht das, was ich dir eigentlich sagen wollte. Beziehungsweise, es hängt höchstens lose mit dem zusammen, was ich dir eigentlich sagen will, obwohl, so lose eigentlich gar nicht, denn ganz eigentlich ist das ein hervorragendes Beispiel, also Devid Striesow ist sogar ein wunderbares Beispiel, um dir zu zeigen, dass ich nämlich eigentlich Männer mag, die ein bisschen anders sind als du. Und dass mir das eigentlich von Anfang klar war, beziehungsweise immer klarer geworden ist im

Laufe der vielen Jahre, die wir uns nun schon kennen, wie viele es auch sein mögen. Sicher, ich hätte es dir früher sagen können, also am besten wahrscheinlich schon bevor wir geheiratet haben, gleich am Anfang schon, und sicher auch bevor wir die drei Kinder und den Hund und den Multivan und die vierundvierzigtausend Euro teure Küche angeschafft haben. Am besten, am allerbesten hätte ich es dir gleich gesagt, gleich nach unserem ersten Drink, den ich bald ausgetrunken hatte, weil ich als multitaskingfähige Person sehr gut zwei Dinge gleichzeitig tun kann, trinken und zuhören, zuhören und trinken. Vielleicht war es aber auch der Eisberg in mir, der zuhörte, und die Titanic in mir, die trank, beinahe ersoff im Aperol-Spritz, es müssen vier oder fünf gewesen sein, und plötzlich war der Abend zu Ende, und der Morgen lugte schon über die Dächer, und dann lag ich in deinem Bett und es war bereits zu spät dir zu sagen, dass ich eigentlich andere Männer bevorzuge, solche wie Devid Striesow eben, der, das musst du wohl einsehen, so ganz, ganz anders ist als du. Siehe Dortmund.

Ich komme nun zum eigentlichen Punkt meiner Rede. Mein Deutschlehrer in der Schule hat immer einen Zaunpfahl an die Tafel gemalt, wenn er etwas sagte, das er als wirklich wichtig empfand, und wenn man es schaffte, sich alle Zaunpfähle zu notieren, konnte man hinterher die Klassenarbeit mit mindestens zwei bestehen. Bloß der Rudi, der hat es leider verbockt, weil der hat nämlich in der Klassenarbeit anstatt einen Aufsatz zu schreiben hinterher einen Wald voller Zaunpfähle gemalt, und weil der Deutschlehrer keinen Humor verstand und sich überhaupt schlecht in Kinder reinversetzen konnte, ist der Rudi durchgefallen. Ich erzähle das nur, weil ich nicht will, dass du durchfällst. Im Gegenteil, ich wünschte sogar sehr, du würdest diese Prüfung bestehen. Diese Prüfung, die darin besteht, einfach mal zuzuhören und das Gehörte aufzunehmen und in deinem Geist wirken zu lassen. Denn ich bin fest davon überzeugt, dass du einen hast, also einen Geist und kein in Ketten gelegtes Schlossgespenst, nein, einen echten Geist mit Erinnerungsvermögen, Vorstellungskraft und Intellekt, du musst nur zulassen, dass er seine Arbeit macht. Er giert quasi danach. Glaub mir. Wenn ich also von logischem Fühlen spreche, dann meine ich keine künstliche Intelligenz oder so was, sondern ein Fühlen, das einsieht, was das Beste für den ist, der da gerade denkt; also ein Fühlen, das sich dem Denken anschließt und seine Kraft aus dem Denken entfaltet. Wenn ich »gerade denkt« sage, dann meine ich damit nicht »geradeaus denken«, denn das kann man gar nicht, beziehungsweise ich kann das gar nicht, sondern das Denken ist ja verschlungen, das windet und dreht sich, manchmal auch im Kreis, ich weiß, und dann ist es wichtig, dem Denken einen Ausweg aus dem Kreis zu weisen, einfach, damit es sich nicht um sich selbst dreht wie eine Katze, die ihren Schwanz jagt. Was also ist das Beste für mich? Vielleicht findest du diese Frage beim ersten Hören merkwürdig oder sogar unerheblich, das ist nicht schlimm, denn ungewohnte Dinge erscheinen zunächst meistens komisch oder lächerlich, das liegt eben daran, dass sie ungewohnt sind. Hast du es geschafft bis hierhin zuzuhören? Was habe ich dir erzählt? Was hast du gefühlt dabei? Habe ich dir eine Antwort geben können auf die Frage, die die meine ist, nämlich jene nach dem Besten für mich selbst? Und hast du eine Antwort auf diese Frage? Also, was das Beste für dich ist? Es würde mich freuen, wenn du mir auch eine Rede hieltest, wenn du mir auch einmal sagen würdest, was Sache ist, ganz ungeschminkt, denn du bist meine Titanic und mein Eisberg, so wie ich die Deine bin. Vielleicht, wenn die Kinder im Bett sind, und du den Multivan in der Garage geparkt hast, und ich die vierundvierzigtausend Euro teure Küche geputzt habe? Wir müssten nur vorher den Tatort ausmachen, auch wenn es der aus Dortmund ist. Du hast zehn Minuten Zeit.

Miriam Miedler

Wartezimmer

Du sitzt im Wartezimmer deines Hausarztes. Seit zwei Wochen ist dir übel, kotzübel. Nur im Schlaf lässt die Übelkeit dich los, dafür dauert die Nacht kurz, Früherwachen. Eigentlich freust du dich über deinen Zustand, aber die Begleiterscheinungen rauben dir all deine Energie. Du funktionierst nicht wie sonst, bist unkonzentriert, und dann diese Übelkeit, wenn du dich nur übergeben könntest. Es ist Montag, deine Nacht war beschissen, heute, sagst du dir, bleibst du zu Hause, erlaubst es dir. »Wie lange soll ich Sie krankschreiben?«, fragt dich der Arzt. Die Verantwortung liegt bei dir, so läuft das heutzutage, die mündige Patientin. Und da hörst du dich die Wörter sagen: »Nur heute, ich bin ja nicht krank, nur schwanger.« Schmales Lächeln, du funktionierst. Der Hausarzt, sich seiner autoritären Rolle wieder bewusst, schiebt hinterher, dass, falls es schlimmer werde, schreibe er dich länger krank. Danke.

Am nächsten Tag Kontrolle bei deiner Frauenärztin, den frühestmöglichen Termin, um rechtzeitig in der Arbeit zu sein. Nur so weit kommt es nicht, das liest du innerhalb weniger Sekunden im Gesicht der Frau Doktor ab. Kein Herzschlag. Du brichst in Tränen aus, selbst überrascht über die Heftigkeit deiner Emotion. Die Ärztin, vielleicht aus Hilflosigkeit, wiederholt gebetsmühlenartig Statistiken, Prozentangaben, ein Wunder, wenn es überhaupt klappt. Ja, alles schon mal wo gelesen, gehört von Bekannten, deren Nachbarin und unlängst die eine berühmte Schauspielerin aus Amerika oder war es Deutschland? Frau sollte immer damit rechnen, beruhigst du dich und noch viel mehr die Ärztin. Was jetzt? Nun geht die Prozedur los, davon hast du noch nichts gelesen, geschweige denn gehört.

Du musst ins Krankenhaus, eine Pille nehmen, einen Tag warten und am dritten Tag dir drei oder waren es vier – so schnell verdrängt dein

Gehirn unangenehme Erlebnisse – Tabletten in dich einführen. Im Krankenhaus dann die Überraschung, vielleicht doch ein Herzschlag im Ultraschall zu sehen, aber eigentlich viel zu klein für die achte Woche. Was nun? Ratlose Gesichter. Die mündige Patientin weigert sich, ihre Rolle zu übernehmen. »Na dann warten Sie eben noch eine Woche«, aus dem Mund einer Krankenschwester. Du nickst und bedankst dich.

Du gehst zur Arbeit, die Übelkeit deine treue Begleiterin. Krankmelden möchtest du dich nicht, die Arbeit lenkt ab, und außerdem bist du nicht krank, nur schwanger, oder auch nicht mehr. Ist frau noch schwanger mit einem toten Kind im Bauch? Du verscheuchst die Gedanken, als könnten sie Unglück bringen und das, was da in deinem Uterus vor sich geht (oder eben nicht mehr), beeinflussen.

Nach einer Woche Halbschwangerschaft fühlst du dich gewappnet für deinen Kontrolltermin. Du betrittst den großen Untersuchungsraum und dieses Mal fällt dir auf, dass noch mindesten sechs Personen anwesend sind. So viel Publikum hättest du nicht gebraucht, aber du hältst deinen Mund. Eine junge Assistenzärztin untersucht dich, neben dir ein älterer Mann in Weiß, gibt Anweisungen, väterlich, das beruhigt. Die Namen kennst du nicht. Dieses Mal bist du gefasst, kein Herzschlag, kein Wachstum. Weinen musst du nicht und selbst wenn es dich gedrückt hätte, unvorstellbar vor sechs fremden Menschen, in T-Shirt, ohne Unterhose und noch mit Glibber zwischen den Beinen. Du hörst die üblichen Statistiken, aufmunternden Parolen, mitleidige Blicke, ein hilfloses Schulterzucken eines Mitte zwanzigjährigen ja was? Pflegers? Zivildieners? Keine Ahnung, was sucht der hier, hat er das Recht diesen Moment mitzuerleben?

Und da spürst du es zum ersten Mal ganz deutlich, keine Traurigkeit, nein, Wut.

Du musst die Abtreibungspille noch an Ort und Stelle unter Aufsicht der Krankenschwester einnehmen, zuvor unterschreibst du die üblichen Dokumente, dass du aufgeklärt wurdest und für alles, was passieren könnte, die Verantwortung übernimmst. Die Frage, weshalb du die Pille nicht zu Hause alleine einwerfen darfst, verkneifst du dir. Könnte frau ja vielleicht am Schwarzmarkt verhökern?

Am ersten Tag nach der Einnahme passiert nicht viel. Am zweiten Tag gehst du arbeiten, zur Ablenkung und aus schlechtem Gewissen. Jetzt bist du definitiv nicht mehr schwanger. Du erinnerst dich an deine Schulzeit. Bauchweh war kein Grund, um der Schule fernzubleiben, erst wenn das

Thermometer 37 Grad anzeigte, stellte sich ein wohliges Glücksgefühl ein. Die ultimative Legitimation, um den ganzen Tag im Bett bleiben und Fernsehen zu dürfen. Eine Freundin klärt dich auf, dass du dich mit Eintritt der Schwangerschaft immer schuldig fühlen wirst – entweder gegenüber deinem Kind oder den Kolleginnen und Kollegen.

Am dritten Tag bleibt dir nichts anderes übrig, als zu Hause zu bleiben. In der Früh führst du dir die Zäpfchen ein, warten, eine Stunde auf dem Rücken liegend. Eine Freundin hat dir geraten, dicke Binden zu kaufen, die richtig saugstarken, es fließe tagelang, schwallartige Bäche. Du fühlst dich vorbereitet, die dicken Einlagen stehen im Schrank. Was dann passiert, wirst du in der ersten Zeit immer wieder und wieder erzählen, für dich, um es zu begreifen, zu trauern, loszuwerden. Die Zäpfchen wirken schnell, Krämpfe, vorne, hinten es kommt überall heraus, damit hast du nicht gerechnet. Du pendelst vom Bett, zum Klo, zur Dusche, zwischendurch hockst du dich hin. Dein Freund an deiner Seite, gut denkst du, eine Geburt wird er auch überstehen. Stechende Schmerzen im Unterleib, es fühlt sich an wie die schlimmste Lebensmittelvergiftung, die du je erlebt hast. Dein Körper möchte/muss etwas loswerden. Für einen kurzen Moment willst du aufgeben, jemand soll dich ins Krankenhaus bringen, aber wie? schießt es dir ein. Auf dem Weg dorthin würdest du dich komplett anmachen. Dann lässt der Krampf kurz nach, du kannst vom Badezimmerboden aufstehen, schaffst es ins Bett, richtest dich auf und da merkst du, etwas löst sich in dir, es fließt in Sekundenschnelle aus dir heraus. Ins Bad schaffst du es nicht mehr, es liegt auf der dicken, saugstarken Binde. Zehn Zentimeter. Du suchst nach menschlichen Zügen, aber da ist nichts, es ähnelt einem Stück rohen Huhn oder Tintenfisch blutverschmiert. Du verabschiedest dich, machst ein Foto mit deinem Handy, für alle Fälle. Dann spülst du es das Klo hinunter. Dein Körper zittert, aber du fühlst dich gut, erleichtert, stolz, als hättest du etwas Großes vollbracht. Super, denkst du, Mutter Natur überschüttet dich mit Endorphinen.

Nach zwei Tagen gehst du wieder arbeiten. Nichts hat sich verändert, was sollte sich auch ändern? Du erzählst davon deinen Freundinnen und Freunden, Kolleginnen und Kollegen, jeder und jedem, die/der es wissen möchte oder auch nicht. Du möchtest es erzählen, herausschreien, was Schwangerschaft auch ist, Übelkeit, Schmerzen, Blähungen, Fehlgeburten, Zäpfchen, die eingeführt werden, herauslaufende Körperflüssigkeiten.

Nein, ich war nie krank, aber schwanger.

Lena Krug
Mental Health

Hallo,
mein Name ist Lena Krug, ich bin 16 Jahre alt, und ich habe zu viel zu sagen. Sie fragen sich, wie kann jemand zu viel zu sagen haben ...!? Und deshalb möchte ich Ihnen als erstes einen kleinen Einblick in meine Gedanken geben, damit Sie vielleicht verstehen, wie schwer es mir gefallen ist, ein Thema für diese Rede zu finden.

Wenn ich auf die vergangenen zwei Jahre zurückblicke, gibt es sehr viel, was passiert ist, und nicht nur mich beschäftigt hat. Rassismus, Black-Lives-Matter-Bewegung, Fridays for Future, Schule, die Debatte um Werbung für Abtreibungen, die Präsidentschaftswahlen in den USA, die Diskussion über das Gendern, LGBTQ-Rights allgemein und natürlich Corona. Corona, wie habe ich es gern ...

Das sind die großen Themen, also die ganz Großen. Die kleineren sind so Fragen, wie zum Beispiel wann fange ich mit meinem Führerschein an, wie soll ich mir die Haare schneiden, wer bin ich, welche Sexualität habe ich oder auch, WARUM BIN ICH NOCH SINGLE?! Gefolgt von so Gedanken, ach du Scheiße, Oberstufe wird der Horror oder: Homeschooling ist der letzte Dreck.

ALLES, was ich aufgezählt habe, sind Gedanken oder Themen, die mich bewegt und teilweise abends sogar wachgehalten haben. Ich habe mich drei Tage vor Teilnahmeschluss für dieses Projekt beworben, obwohl ich immer noch kein Thema hatte. Mir erschien alles so wichtig, alles wollte ich sagen und auf alles wollte ich aufmerksam machen, eigentlich jeder Gedanke verdiente es, gehört zu werden.

Dann fiel es mir wie Schuppen von den Augen: Ey, ich rede über Emanzipation, Gleichberechtigung und unsere patriarchalische Gesellschaft.

Warum habe ich das verworfen? Weil ich mir dachte, dass, wenn Frauen zum Reden aufgefordert sind, es genügend gibt, die darüber reden.

Also habe ich weiter überlegt, was denn die größten Themen sind, die MICH in MEINEM Leben aktiv beeinflussen und ich kam auf vier: Familie, Schule, Social Media und leider Gottes auch Corona/Homeschooling. Ich habe mich dann daran gemacht, ein kleines Fitzelchen zu finden, das diese Themen verbindet, und ich habe es tatsächlich gefunden. Auch wenn es für die ein oder andere aus der Luft gegriffen scheint. Ich hatte mein Thema, ich wollte darüber reden und aufmerksam machen. Wer allerdings glaubt sie*r würde hier ein Problem mit Lösung serviert bekommen, liegt absolut falsch. Ich möchte meine Zeit bloß nutzen, um auf etwas aufmerksam zu machen, was irgendwie präsent ist und andererseits auch absolut nicht. Die Wahrscheinlichkeit, dass es wenig Aufmerksamkeit bekommt und neben anderen Themen und Problemen klein und unwichtig erscheint, ist recht hoch, aber ich habe mich dazu entschlossen, es trotzdem zu tun. Denn es ist wichtig und beeinflusst nicht nur mich, sondern mehr oder weniger meine komplette Generation und viele Menschen darüber hinaus. Wie wir so schön genannt werden: Gen Z.

Eine Generation, die sich angeblich mit viel zu kleinen Dingen beschäftigt, keinen Blick fürs Ganze mehr hat und der Meinung ist, sie müsste mehr Englisch als Deutsch reden.

Und damit willkommen zu meiner Rede über Mental Health, auch genannt »Mentale Gesundheit«.

Wenn Sie sich zurückerinnern, dann nannte ich vier Faktoren, die mich zu diesem Thema geführt hatten. Familie, Schule, Social Media und Corona.

Ich weiß nicht, in welchem Umfang Sie sich dessen bewusst sind, aber all das sind Themen, die die mentale Gesundheit eines Menschen massiv beeinflussen können und tun. Mentale Gesundheit bedeutet für mich im Kontext dieser Rede nicht das Fehlen einer geistigen Einschränkung, sondern ein Zustand des völligen Wohlbefindens.

Das meiner Meinung nach größte Problem, wenn es um Mental Health geht, ist die fehlende Aufklärung. In der Schule durchwälze ich bis zu viermal oder mehr das menschliche Fortpflanzungssystem und wiederhole Grammatik bis zum Abwinken. Aber wo bleibt der Crashkurs über Mental Health? Es gibt Anti-Mobbing-Seminare gegen Hass im Netz, das Mobbing dort soll gestoppt werden. Man geht zur Schulsozialarbeit, um den Zusammenhalt der Klasse zu stärken. Aber wer redet über die Anfänge einer Essstörung, Zwangsneurosen, Panikattacken und vor allem, wie so etwas verhindert werden kann? Fast niemand. Niemand klärt auf, wie unterschiedlich Depressionen aussehen können, so dass viele Menschen depressiv sind oder depressives Verhalten zeigen, ohne sich dessen bewusst zu sein.

Vielleicht wird es auch einfach als Aufgabe des Umfeldes angesehen, über diese Themen aufzuklären. Das dort bestehende Problem ist, dass viele es selbst nicht besser wissen und dann so Sätze fallen wie »Stell dich nicht so an«. Viele wollen oder brauchen Hilfe, weil negative Gedanken, zum Beispiel Suizid betreffend, Überhand nehmen und werden nicht ernst genommen, weil es normal ist, wenn man sich mal selbst nicht mag oder gerade keine Lust auf sein Leben hat.

Mental gesund heißt, dass ich mich mit mir selbst und meinem Umfeld wohlfühle und mir ein Umfeld schaffe, in dem ich mich wohlfühle.

Während Corona ist die Zahl der Jugendlichen, die Anzeichen einer Depression zeigen um circa 15 % gestiegen. Aber eine schlechte psychische Verfassung heißt nicht nur Depressionen oder Suizidgedanken, sondern auch Angststörungen, Panikattacken, schwerwiegende Phobien, Essstörungen, Zwangsstörungen, soziale Ängste, Identitätskrisen, übertriebene Selbstzweifel, fehlendes Selbstwertgefühl und vieles mehr.

Auslöser dafür können unendlich viele Sachen sein.

Natürlich körperlicher Art, sprich Hormone, Pubertät oder Beeinträchtigungen.

Aber auch Schule oder Arbeit. Natürlich kann man nicht einfach so aufhören zur Schule zu gehen, aber vor allem hier sollte doch ein Umfeld geschaffen werden, in dem man sich wohlfühlt. Mobbing und vor allem ein wahnsinnig hoher Leistungsdruck sind hier das Problem. Die meisten Lehrkräfte fordern und fordern, ohne sich zu fragen, wie es den Schüler*innen dabei geht, wahrscheinlich, weil die meisten selbst an der Grenze zum Burnout stehen. Schüler*innen werden in Formen gepresst und gelten als schlecht, sobald sie den Erwartungshorizont nicht erreichen. Wo bleibt ein kleines Fitzelchen an Einzigartigkeit, was jeden Menschen ausmacht, und das sie*r ausleben sollte.

Machen wir uns nicht vor, unser Schulsystem ist in keiner Weise fördernd für unsere Psyche, egal, ob für Lehrer*innen oder Schüler*innen, geschweige, dass es das jemals war.

Wenden wir also unseren Blick nun auf die Freizeit eines jeden Menschen, so sieht es da bei manchen nicht besser aus.

Nehmen wir hier die sozialen Medien als eines von zwei Beispielen.

Wir haben 2021 und die vergangenen Jahre auf Instagram und Co. haben doch wohl eindeutig bewiesen, dass das Photoshoppen von Bildern und falsche Versprechungen zu wenig Selbstwertgefühl, Essstörungen und vielem mehr führen kann. Vor allem junge Menschen vergleichen sich mit ihren Idolen, bis zu einem Grad, der nur als ungesund bezeichnet werden kann. Schönheitsideale ändern sich, und viele Menschen jagen dem hinterher, zweifeln an sich und machen sich runter. Von Mobbing im Netz und auf ähnlichen Plattformen gar nicht erst anzufangen.

Menschen werden aufgrund von den kleinsten Äußerlichkeiten runtergemacht, und zwar von denen, die selbst am unsichersten sind.

Es ist das 21. Jahrhundert, wir sollten Body Positivity und Selbstakzeptanz predigen, aber in großen Teilen ist immer noch das Gegenteil der Fall. Und ja, auch Social Media kann zu psychischen Problemen führen, auch wenn das einigen Menschen nicht bewusst zu sein scheint.

Kommen wir also von der Arbeit oder Schule und legen das Handy weg, dann erwartet uns in einigen Fällen eine toxische Familie. Ja, elterlicher Rat ist wichtig und gut, und natürlich darf man sich die ein oder andere Meinung erlauben, aber nicht in einem Maße, dass es an Mobbing grenzt. Emotionale Misshandlung ist genauso real wie körperliche Misshandlung, nur wird diese weniger wahrgenommen.

Anzeichen psychischer Probleme werden zu oft einfach unter den Tisch gekehrt und man macht auf heile Familie, anstatt sich einzugestehen, dass ein Familienmitglied Probleme hat und Hilfe braucht. Ganz viele haben das Problem, dass sie sich nicht trauen, um Hilfe zu fragen, aus Angst, nicht ernstgenommen zu werden.

Unsere Gesellschaft ist so toxisch, dass es für viele schon zu viel ist, überhaupt zu fragen: Wie geht es dir? Geht es dir gut? Vermutlich auch, weil sie Angst vor der Antwort haben …

Menschen sind einerseits nur mit sich selbst beschäftigt, aber nehmen andererseits alle anderen genauestens unter die Lupe.

Bevor ich zum Schluss komme, möchte ich noch kurz klarstellen, dass es mir mental gut geht. Nicht perfekt, aber gut. Allerdings sehe ich, wie manche Menschen in meinem Umfeld mit oben genannten Problemen zu kämpfen haben, so dass ich das als Anlass für diese Rede genutzt habe. Und selbst, wenn es mir schlecht gehen würde, dann wüsste ich nicht, ob ich darüber reden würde.

Viele Menschen erkennen die Anzeichen zu solchen Krankheiten nicht, aufgrund von unterschiedlichen Symptomen, aber auch durch mangelnde Selbstreflexion und fehlende Aufklärung. Vieles äußert sich bei Menschen unterschiedlich oder hat unzählige Symptome. Und ich bin der festen Überzeugung, dass das ein Problem ist, das angegangen werden muss und für das sensibilisiert werden muss. Wir leben nicht mehr in Zeiten, in denen so etwas mit sich selbst ausgemacht werden muss oder sollte. In der Regel tut es nicht weh, anderen Menschen zu helfen.

In diesem Sinne: Spread Mental Health Awareness!

Sensibilisiert und macht auf dieses Thema aufmerksam und traut euch, andere um Hilfe zu fragen!!

Dorothea Ahlemeyer
Statt Blumen: Ideen zum Muttertag 2021

Die erste Version dieser Rede entstand Muttertag 2021. Während der Fußball-EM und dem Bundestagswahlkampf entwickelte sie sich weiter ... und dann irgendwann habe ich endgültig den Überblick über den Lauf öffentlicher Dinge verloren. Deshalb bitte ich um Verständnis, dass die neuesten politischen und wissenschaftlichen Entwicklungen hier nicht gebührlich berücksichtigt sind.

Ich habe Angst, aber wenig Zeit das laut zu sagen, weil ich diese Angst nicht an meine Kinder weitergeben möchte. Ich habe Angst vorm fortschreitenden Klimawandel, vor der neuen Rechten, vorm Auswuchs uralter Ungerechtigkeiten und natürlich auch vor den neuesten Studien aus Italien, die sagen, dass Kinder unter einem Jahr nun vielleicht doch ziemlich Corona-gefährdet seien. Unser Jüngster ist zum Höhepunkt der zweiten Welle geboren und hatte lange den Eindruck, die Welt bestünde aus drei Wesen: Mama, Papa und diesem kreischenden Monster, das ihm wahlweise durchs Gesicht schleckt oder an den Haaren reißt: sein dreijähriger Bruder, der nicht weiß, wohin mit all seiner Energie und aufgestauten Verunsicherung.

Gestern habe ich mit ihm im Fernsehen Fußball-EM geguckt. Fußball gespielt hat er bisher nur zu dritt oder viert – seine Sportgruppe fällt seit Monaten aus. So wunderte der Kleine sich sehr über die vielen Menschen auf dem Platz und im Stadion. »Ist Corona jetzt vorbei?«, fragte er. Was soll ich ihm sagen?

Nein, ich kämpfe jetzt nicht für fairere Maßnahmen. Ich kämpfe mit unseren Lebensmittel- und Kleidermotten. »Die kommen, wenn man nicht ordentlich putzt«, erklärt mir eine Bekannte, die seit fünf Jahrzehnten schwer damit beschäftigt ist, ihrem schwer beschäftigen Mann den Rücken frei zu halten. »So ist das halt bei uns Frauen«, sagt sie lächelnd, wenn ich mit einem Jungen auf dem Arm und dem anderen am Hosenbein Brei koche, die anschließend überall verteilte Kotze wegwische und bete, dass mein Partner vor sechs von der Arbeit kommt.

Dankenswerterweise habe ich einen, der hilft beim »mental load« der Kleidungs-, Ernährungs- und Gesundheitsfragen. Er hätte mir gern nicht nur den »mental load«, sondern auch einen Teil der »leiblichen Not« abgenommen, die Schwangerschaft, Geburt und Stillzeit bedeuten kann. De facto war es ihm während dieser Phasen nicht einmal möglich, Teilzeit zu arbeiten. Ich wollte immer gern Mutter – und nie Hausfrau – werden und habe, wenn der Kleine schlief, weitergeschrieben, und, wenn Papa, Oma & Co. aufpassen konnten, als Naturpädagogin gearbeitet. Das ging ... erst auf Kosten des Haushaltes. Dann ging der Kleine in die Kita. Und dann kam Corona, und es ging gar nichts mehr. Pünktlich zum ersten Lockdown kotzte ich mir unter Aufsicht meines Zweijährigen, der tagsüber niemanden außer mir mehr um sich haben sollte, die Seele aus dem Leib, weil ich wieder schwanger war. Pünktlich zur zweiten Welle kam mein Zweiter zur Welt, ich lag aufgeschlitzt im Bett und betete, fit zu werden, bis die vier Wochen Elternzeit meines Partners vorbei sein würden.

Ich freue mich täglich einen Keks darüber, dass es unsere wunderbar wilden, fröhlichen, eigensinnigen, hilfsbedürftigen Kinder gibt.

Ich bin geplättet, wie hilfsbedürftig ich mich selber seither fühle und wie wenig handlungsfähig, sowohl privat als auch politisch. Warum? Hört man so wenig öffentliche Hilfeschreie von Müttern? Weil sie schwer beschäftigt sind, weil sie erschöpft sind, weil sie sich mit den tagesaktuellen Debatten nicht so auskennen und weil sie ihre kurzen Impulse, aktiv zu werden, oft direkt wieder verwerfen müssen, weil irgendeine volle Windel dazwischen platzt. Dann schämt man sich, so etwas Dämliches zu schreiben, wie, dass einem eine Windel dazwischen geplatzt ist, ärgert sich mächtig, nicht mehr so pointiert zu schreiben wie früher und zweifelt daran, die richtigen Worte für eine politische Äußerung zu finden, wenn sie einem doch schon im Gespräch innerhalb der Familie oft genug fehlen.

Außerdem wollen wir ja nicht jammern. Zumindest nicht auf diesem hohen Niveau. Wie sieht es denn in anderen Winkeln dieser Welt aus? Ich habe genug Platz, genug zu essen und Elterngeld. Danke! An alle, die dafür gekämpft haben, dass ich das habe. Bitte! Lasst uns nicht aus dem Blick verlieren, dass es anderswo nicht einmal sauberes Wasser gibt. Wie machen die Eltern das denn da?

Keine Ahnung – seit ich mir selber so hilfsbedürftig vorkomme, will ich gar nicht mehr so genau wissen, wie das Leben anderswo auf der Welt läuft. Vier Wochen Corona und schwupps, mein Kühlschrank war plötzlich wieder voller Billigwurst und unfair gehandelter Schokolade, und ich gucke keine Tagesschau, sondern lese höchstens die Schnellnachrichten, die mein Handy mir ungefragt ausspuckt. Da geht es aber selten um Entwicklungspolitik oder Klimaschutz, sondern neben Corona meist um andere schreckliche Krankheiten und mickrige Mäkel von Menschen, die öffentliche Verantwortung übernehmen wollen.

Ich finde es garstig bis gefährlich, wie makelfixiert manche Meinungsmacher agieren und frage mich, wer da noch ernsthaft Bock aufs Mitmischen haben soll: Ken oder Barbie? Weg mit dem Plastik! Her mit den Narben und den Hängebrüsten! Lasst uns die Perfektion pervertieren, lasst uns Fehler nicht länger vertuschen, sondern den Mut zum Versuch feiern und diesen bei Bedarf nachgebessert wiederholen! Hattet ihr je das Glück – wie ich zurzeit – live beim Laufenlernen dabei zu sein? Habt ihr eine Ahnung, in welchem Alter der Mensch aufhört, Großes zu wagen, Dummes zu fragen und ehrlich zu sagen, was er kann, will, weiß und was nicht?

Was wäre das für ein Fest, wenn es als berufliche und politische Qualifikation betrachtet würde, einen Teil seines Lebens als Mutter oder Vater gearbeitet und somit einen Intensivkurs in Güte, Humor, körperlicher und seelischer Belastbarkeit, Ganzheitlichkeit sowie Reduktion auf das Wesentliche absolviert zu haben! Was wäre das für eine neue politische Kultur, in der es leise, lustig, langsam, solidarisch, gütig und zielorientiert zuginge. Dann könnte ja vielleicht sogar auch noch die ein oder andere Mutter von zu Hause aus mitmachen!

Ich finde, die Chance von Corona ist, dass die Scheiße nun richtig sichtbar wird, die uns seit Jahren die Leitungen verstopft. Lasst uns nicht so weitermachen wie bisher! Zum Eltern-Intensivkurs gehört auch die Erkenntnis: Wenn man Scheiße nicht richtig wegmacht, gibt es einen wunden Po.

Lasst uns nach der Pandemie ordentlich aufräumen. Lasst uns einander davon erzählen, wie es uns ging in diesen Zeiten und nicht darüber urteilen, wer es am schwersten hatte. Lasst uns aufhören, uns anzuranzen.

Lasst uns versuchen, einander zu verstehen und diese sehr komische Spaltung überwinden, die sich scheinbar eingeschlichen hat, während ich an Schwangerschafts- und Stilldemenz litt. Vermutlich auch schon viel früher, als ich noch vollauf und blind mit meiner Karriere beschäftigt war.

Wir brauchen einen neuen Konsens. Ich schlage folgenden vor, den ich täglich mit meinen Söhnen übe:

Im Zweifelsfall ... fragen!

Im Zweifelsfall ... durchatmen!

Im Zweifelsfall ... lächeln!

Lasst uns die Corona-Chance nicht verpassen und zwischen den Lockdowns, nach der Pandemie und vor der Klimakatastrophe neue Wege zu einem friedlich-fröhlicheren Leben auf diesem Planeten finden. Lasst uns Großes wagen, Dummes fragen und ehrlich sagen, was wir uns wünschen. Lasst uns den Scheiß nicht einfach vergessen, sondern verarbeiten.

Für den nächsten Lockdown schlage ich vor:

Prophylaktische Vollquarantäne für alle, gruppenweise. Lasst uns kleine gallische Dörfer bilden, in den existenzbedrohten, leerstehenden Ferienhöfen, Bildungsstätten und Campingplätzen. Lasst die Kinder dort in Frieden zusammen spielen, die Vereinsamten in Ruhe quatschen, die Gelangweilten werkeln und die Erschöpften mal ausschlafen. Lasst uns zusammentun ... die überforderten Mütter und Väter, die vereinsamten Großeltern, die arbeitslosen Pädagoginnen, Köche und Gastronominnen, Masseurinnen und Putzmänner, Musikerinnen und Schauspieler, die beraubten Jugendlichen, die überarbeiteten Politikerinnen, Pfleger, Journalistinnen und alle, alle anderen, die kommen wollen! Lasst uns vier Wochen in kleinen Dorfgemeinschaften leben, die Arbeit und den Spaß teilen ... und erstmal einfach ein bisschen zur Ruhe kommen. Danach darüber austauschen, was wir in dieser verrückten Coronazeit erlebt und erkannt haben. Und dann langsam, langsam zusammen Visionen entwickeln, wie wir weitermachen wollen auf diesem Planeten, auf dem es uns Menschen ansonsten vermutlich nicht mehr so lange geben wird.

Anja Brachwitz
Sprache prägt Denken

Wenn du fragst, wer ich bin, antworte ich: Feministin, Europäerin, Frau und Mama. Das klingt erstmal offen, aufgeklärt, modern.

Und in der wohldurchdachten Theorie halte ich mich an meine eigenen Glaubenssätze.

Im unübersichtlichen Alltag aber, wenn mein Magen knurrt, ich im Stau feststecke, das Auto vor mir unvermittelt bremst und ich zu spät zur Kita komme, um mein großes Baby abzuholen: Dann bröckelt das Make-up.

In diesen Momenten rutschen mir Worte über die Lippen, von denen ich nicht weiß, woher sie kommen. Und wer das ist, die das sagt. »Du Spast!« »Das ist doch behindert!« Klar, ich sitze allein in meinem Auto und koche vor Wut, Ungeduld und allgemeiner Anspannung.

Ganz im Eifer der Aufregung bin ich, wer ich nicht sein will.

Dabei bin ich auf dem Weg, meinen großen Jungen von der Kita abzuholen, neben mir mein Baby-Mädchen, beide Kinder hochgradig schwerhörig. Und damit beide schwerbehindert.

Trotzdem: Irgendwo ganz hinten in der Abstellkammer meines Hinterstübchens liegt das Wort »behindert« heimlich in der Schimpfwort-Schublade.

Sicher, ich bin wohlbehütet aufgewachsen. Es gab wenig zum Nachdenken. Ein Dorf in Sachsen-Anhalt, alle sind irgendwie gleich, gleiches Milieu, gleiche Arbeit, gleiche Familiengeschichten, gleiche Herkunft. Anderssein kann man hier meist nicht auf den ersten Blick sehen. Menschen mit Behinderung kannte ich nicht. Und wusste nur, dass ich froh war, gesund zu sein.

Später fand ich es falsch, behindert als Schimpfwort zu verwenden, weil das meinen Werten nicht entspricht. Nicht falsch genug, um es aktiv aus meinem Vokabelheft zu verbannen. Aber genug, um mich zu schämen, wenn es mir über die Lippen huscht.

Zwanzig Jahre später ist meine Haltung nicht mehr nur Theorie. Die zwei wichtigsten Menschen in meinem Leben sind bunt, laut, toll und inspirierende kleine Menschen. Und sie sind behindert.

Ich denke viel darüber nach, wie tief mein Wortschatz geprägt ist, dass mir immer noch das Wort behindert als Beleidigung entfährt. Ich muss mich auch fragen, ob ich damit nicht auch das Äquivalent eines Mannes bin, der erst mit der Geburt der eigenen Tochter den Sinn erkennt, Frauen gleichzustellen. Meine Kinder mit Behinderung haben mir allerdings nicht zur Erleuchtung verholfen. Ich bin schon immer überzeugt, dass Behinderung kein Schimpfwort ist. Es ist eine Tatsache, dass meine Babys nicht ohne Hörhilfen hören können. Dass ich das Wort als Beleidigung verwende, ist eine Beleidigung.

Meine Sprache hält nicht Schritt mit meinen Überzeugungen. Warum ist das so?

Ich glaube, dass Sprache Denken prägt. Ich beweise mir allerdings in diesen Momenten im Auto wütend, dass ich eben nicht ganz denke, was ich gern denken will.

Mein Vokabelheft braucht Übung.

Ich wollte am Anfang nicht viel darüber sprechen, dass meine Babys eine Behinderung haben. Nicht weil ich mich für sie geschämt hätte, sondern weil mir die Worte fehlten, um über Behinderung zu sprechen. Ich war unsicher, was angemessen ist, was zutrifft. Ich hatte wenig Kontakt zu Menschen mit Behinderungen. Und gleichzeitig war und bin ich mir bewusst, dass ich nur Verbündete bin, aber nicht selbst behindert.

Was mir geholfen hat, ist zuhören. Bei Eltern, in der Fachliteratur und vor allem bei AktivistInnen im Internet habe ich Stimmen kennengelernt, die über Behinderung, Minderheiten und von einer insgesamt inklusiven Gesellschaft sprechen. Stimmen wie die von Luisa L'Audace, Laura Gehlhaar, Raul Krauthausen, Teresa Bücker und viele mehr haben mir geholfen, weil sie von ihrem Leben erzählen, mich mit ihren Herausforderungen konfrontieren und warum im Alltag eben doch nicht alle gleich sind. Sie erklären ausdauernd, wie über, aber vor allem mit Minderheiten gesprochen werden kann und wie Politik dazu beitragen muss.

Ich möchte, dass wir uns nicht falsch verstehen, meine Geschichte soll nicht sagen: »Seid vorsichtig, was ihr sagt!« Meine Geschichte soll sagen: »Hört mehr zu.« Lernt, euer Vokabelheft auszubauen und manche Vokabeln einfach zu streichen. Für mich heißt das auch, es geht nicht um meine Babys, die eine Behinderung haben, sondern darum, was ich sage und wem ich zuhöre.

Ich habe eine klare Vorstellung, was Menschsein für mich bedeutet, und so möchte ich sprechen. Ich will eine Gesellschaft, die den Wert des Menschen nicht über das Gleichsein oder Gesundheit definiert, sondern den Menschen feiert für sein Streben, jedes Lächeln, dass der Einzelne auslöst und weitergibt. Das bedeutet auch Politik zu unterstützen, die Barrierefreiheit umsetzt und strukturelle Benachteiligungen abschafft.

In gewisser Weise möchte ich hier kein Forum bekommen: Ich bin eine weiße, heterosexuelle Frau mit akademischem Abschluss und gutem Einkommen. Ich genieße alle Privilegien. Was ich sagen will, ist, dass ein inklusives Menschenbild gelebt werden muss, und das fängt bei Sprache an. Lernen kann ich von Betroffenen, die Diskriminierung erfahren, die einer Minderheit angehören. Die Mehrheit, der ich oft angehöre, muss sich jeden Tag im Alltag fragen, was rede ich hier eigentlich. Insbesondere wenn das Auto hinter mir unnötig hupt, die Kita schon anruft und der Tank sich dem Ende neigt.

Maria Milisavljević
Die Quadratur des Smoothies

ODER: Gedanken um einen Smoothie
ODER: Diese Rede ist mehrere Jahre alt

1. Guten Morgen. Hallo. Hier steh ich und zisch mir einen Smoothie rein.
»Die Forderung einer Quote ist in unseren Augen die eigentliche Diskriminierung. Denn wenn man mit gesundem Menschenverstand davon ausgeht, dass alle Menschen gleich sind und auch genau das auch fördern möchte, ist es lächerlich irgendeine Personengruppe als ungleich zu behandeln, in dem man eine Quote einführt.«[1]

Der Herr, der hier mitschrieb, heißt Marco Knauf und ist Smoothiefabrikant. Wenn er nicht gerade schwarze Säfte erfindet – »den Quotenschwarzen« – lässt er seine Hoden in Stahl gießen und verleiht sie als Preis an Firmengründer »die noch richtig Eier haben«[2] – zum Beispiel an die Hersteller:innen meiner Wassersprudelmaschine. Er nennt auch Saft mit Chiasamenzugabe gern »Samenspender«. Aber was wollte ich eigentlich sagen, durch den Smoothie hindurch? Ach ja. Ich will eigentlich über etwas reden, über das ich in letzter Zeit zu oft, nachdenke, wegen der Männlichkeitskrise meines Freundes P.,[3] die er mit der Lektüre von Jordan Peterson zu lösen gedenkt, wegen dem N-Wort und weil es immer noch Thema ist, und weil G.[4] neulich (im Spaß?) sagte, dass, wenn Transsexualität normal sein soll, man auch mal darüber nachdenken sollte, Pädophile nicht länger auszugrenzen.[5]

2. Guten Tag. Der Smoothie ist leer. An der Glasflascheninnenseite klebt Furchtfleisch, ich meine, Fruchtfleisch.
Noch immer hallen die erwachsenen, sicherlich wohl durchdachten und auch von mehreren Menschen vor der Veröffentlichung lektorierten, Forderungen von Marco K. und seiner Crew in meinem Hinterkopf, denn es ist tatsächlich eine Ansicht, die in ihrer Komplexität sehr einfach ist und

dann wieder doch nicht, scheint es (zumindest ist das der Eindruck, der sich mir an Küchentischen eröffnet, sobald das Thema Diskriminierung angeschnitten wird):

QUADRAT (in der Regel nicht von der Diskriminierung, die im Folgenden besprochen wird, betroffen) stellt die These auf, dass wahre Gleichberechtigung (wie Quadrat sie als Optimum und einzige Option sieht) bedeutet, dass RECHTECK[6] (in der Regel direkt von Diskriminierung, die im Folgenden besprochen wird, betroffen) nicht anders / besonderer / gesonderter / spezieller / vorrangiger behandelt werden darf / soll / muss als sie:er selbst. Alle sind gleich.

Es lässt sich schlussfolgern: Rechteck muss nur erkennen (denn Quadrat weiß das schon längst), dass Rechteck = Quadrat und ist dadurch Quadrat gleich. Hex, hex. Würde eine kleine, schlaue Hexe aus Neustadt sagen. Aber die gibt's gar nicht wirklich und Quadrat und Rechteck sind nicht gleich.[7] Wer dies behauptet, begibt sich auf die zweite Ebene einer Kausalkette, die ohne ihr erstes Glied jedoch nicht auskommt. Aber, gut, ziehen wir das Pferd von hinten auf:

Diese zweite Ebene geht davon aus, dass es einen Zustand gibt (das Leben und Sein von Quadrat), der für Rechteck einfach offensteht und innerhalb dessen beide gleich sind. Dieser Zustand kann viele Formen und Ausprägungen annehmen. Meist handelt es sich dabei um etwas sehr Unspektakuläres: das Erreichen einer gewissen Unsichtbarkeit oder niederschwelligen Zugänglichkeit, einer sogenannten Normalität und der damit verbundenen Akzeptanz durch eine große Masse, kurz der Nichtbemerkenswertkeit (erfundenes Wort, warum nicht?) einer Eigenschaft des Rechtecks.

Dieser Zustand wäre insofern ideal, da er, wenn er denn Quadrat und Rechteck beherbergt, tatsächlich gleich und gleichberechtigend sein könnte. Und so wird sich vorgestellt: so Rechteck diesen Zustand erreicht, wird sie:er zu Quadrat. In diesem Idealzustand braucht es keine Quote, keinen Aufschrei, keine Forderungen. Vielen wünschen sie diese Idealwelt, in der Marco K. und Crew leben, von der sie sprechen (auch wenn es furchtbar langweilig wäre: alles Quadrate). Eine Welt, in der es »lächerlich« ist, eine Personengruppe als ungleich zu behandeln. Dort, im Mega-Super-Smoothie-Eier-Land, geht es uns allen gut und: gleich.

Quadrats Post-Smoothie-Idee von der Nichtbemerkenswertkeit einer

Eigenschaft des Rechtecks. Man kann noch etwas mehr über besagte Eigenschaft und ihre Wichtigkeit (oder Unwichtigkeit) sagen.

Für Rechteck ist diese Eigenschaft bisher stets als Hindernis erlebt worden. Konkret kann sie körperlicher, mentaler oder sozialer Art sein und/oder sich in dem Gefühl niederschlagen gemobbt, ausgegrenzt, stereotypisiert, unfair bewertet und behandelt zu werden (und der Tatsache, dass dies eben auch genau so ist).[8] Und damit muss auch ganz schnell richtiggestellt werden: Nicht die Eigenschaft ist natürlich das Problem, sondern die Perzeption jener und der Umgang mit ihr. Denn die Eigenschaft wird eben als »anders«, von der Norm abweichend, wahrgenommen.[9] In Bezug auf die Kausalkette vom Anfang des Texts, steht diese Tatsache chronologisch vor der Idealwelt oben. Oben, das Mega-Super-Smoothie-Eier-Land (na ja, nicht ganz, das Konzept, prinzipiell, später dazu mehr) ist Schritt 2, dies ist Schritt 1:

Rechteck tritt Quadrat gegenüber und artikuliert das Empfinden eines Hindernisses aufgrund jener Eigenschaft, die Rechteck in Quadrats Augen zum »anderen« macht. Dies scheint ein kleiner Schritt zu sein. Und eben einer den Marco K. einfach wegwischt mit dem Hinweis, dass es »lächerlich ist, eine Personengruppe als ungleich zu behandeln«. Vorgebend, dass Rechteck einfach nur durch Quadrats Ideal-Gleichmach-Glauben (fälschlich und euphemistisch nennt Quadrat diesen Glauben oft »Akzeptanz« oder »Toleranz«) eine Gleichmachung mit Quadrat (Marco K. und Crew) widerfahren würde, wischt Quadrat Rechtecks Anliegen, Berechtigung und Recht auf Anerkennung weg. Er denkt zu sagen: »Eh klar, Alter, du bist ich, ich bin du. Wir sind gleich.« Oder: »Ich seh in dir nichts anderes.« Doch was er sagt ist: »Ich erkenne nicht an, dass du erlebst, dass es einen Unterschied zwischen dir und mir gibt.«

3. Five o'clock. Teatime. Time to unpack the invisible knapsack,[10] Mr. K. Was haben Sie denn da in Ihrem Rucksack, Herr Knauf? Etwa ein paar Eier aus Stahl? Sie lachen. Das ist gut. Ich freu mich auch, denn jetzt wird es ja spannend. Vor allem für Sie, denn hier kommt was Neues: You're special. Ups, das wussten Sie schon. Eh klar. Ich hab ja Ihre Bio auf der Webseite gelesen, voll originell. Sie zeigen mir auf Ihrem Foto den Mittelfinger, geben offen zu, beim Anblick von gegrilltem Fleisch, die Contenance zu verlieren, stehen zu Ihren »heftigen« Macken, weil diese Ihre Genialität (ups, jetzt hab ich Genitalien gelesen, aber nicht schlimm, oder?)

begründen: »Wahnsinn und Genie liegen nah beieinander.«[11] In jedem Fall, was immer Ihre Fehler, ob sozial oder menschlich fragwürdig, Sie stehen dazu. Sie sind der Typ, der gern auf den Flipcharts anderer Leute herumkritzelt, wenn er daran vorbeiläuft. Was, erfahre ich auf Anfrage. Darf ich raten? Ihre Eier. Sie lachen.

Aber fassen wir zusammen: Ich entnehme Ihrer persönlichen Beschreibung, dass Sie es in Ordnung finden, andere zu beleidigen (Mittelfinger), den Raum anderer zu missachten (Flipchartkritzeleien), dass Sie Ihr soziales Verhalten nicht den Regeln des Anstands unterwerfen und dass es für Sie, in Ihrem Empfinden, keine Probleme verursacht, offen zu »heftigen Macken« zu stehen. Vermutlich tut es das auch nicht. Sehr sicher tut es das nicht. Das beweist ja Ihr Bankkonto – und ganz nebenbei auch der Zuspruch von Tausenden über die sozialen Medien. Ihre Freunde und Ihre Familie werden vermutlich auch keine negativen Konsequenzen aus Ihrem Verhalten ziehen, schon gar nicht wird Ihr Verhalten konkrete negative Auswirkungen auf Ihr Umfeld haben oder gar auf Ihren Ruf oder den all jener, die aussehen wie Sie oder aus der gleichen Gegend kommen wie Sie oder deren Nachname so ähnlich klingt wie Ihrer.

4. Guten Abend. Noch da? Weiter geht's.

Ich bin gut aufgelegt und denke noch ein bisschen nach. Ich habe nur Kaffee getrunken, denn Smoothies und Sprudelwasser kann ich nicht trauen. Das Problem ist nämlich, dass Marco K., wenn er »Quotenschwarzer« schreibt, meint »Anlass dafür war die omnipräsente Diskussion über die Einführung einer Frauenquote in Führungspositionen von Unternehmen. Die Forderung einer Quote ist in unseren Augen die eigentliche Diskriminierung« (und so weiter; stand schon oben). Aber jetzt wird Marco K.s Intention besonders deutlich: Marco K. meint es gut. Er will helfen.

Ich weiß, es ist spät, aber dieses Gutmeinen muss auseinandergepflückt werden, denn es ist gefährlich. Wie ein Glassplitter in einem Smoothie. Was aber macht Markus K. denn jetzt eigentlich so Schlimmes:

Als Quadrat nimmt er die Haltung ein, dass er sein Privileg anerkennt und ebendieses dafür nutzt, Rechteck einen Raum zu schaffen, indem er für sie:ihn spricht. In seinem Empfinden setzt sich Quadrat damit aktiv für Rechteck ein. Tatsächlich nehmen die Worte von Quadrat jedoch den Raum der Worte von Rechteck ein. Sie ersetzen diese. Rechteck kommt nicht zu Wort, hat keinen Raum (mal ganz davon abgesehen, dass die Art, *wie* hier gesprochen wird, nichts mit Angleichung und Normalität für Rechteck zu tun hat).

5. Gute Nacht. Wir kommen zum Ende. Endlich.
»Namaste, ihr süßen Pissnelken« (Marco K. und Crew auf facebook).
Jetzt bin ich auch müde. Vielleicht 'nen Smootie mit Guarana?

In Schritt 1 der genannten Kausalkette passiert es also nun, dass Rechteck eine Stimme findet, diese behauptet und Räume dafür schafft. Aus diesen Räumen ist ein Quadrat nicht zwingend ausgeschlossen (jedes Quadrat ist ein Rechteck). Doch auch die Anwesenheit von Quadrat, stellt nicht in Frage, dass diese Räume nicht dazu da seien, Quadrat erneut eine Stimme zu verleihen. Ziel dieser Räume ist Rechtecken Raum zu geben, in einer Welt, die nach den Regeln und Normen von Quadraten organisiert ist.[12]

In Schritt 2, so die Hoffnung, braucht es diesen Raum nicht mehr, denn die Idealwelt hat die Unterscheidung Reckteck/Quadrat überflüssig gemacht. Wobei dies nicht als eine Gleichmachung verstanden werden darf. Rechtecke sind immerhin sehr viel vielfältiger in ihrer Form. Gemeint ist: Rechtecke erhalten alle Attribute an Normalität, die bisher Quadraten zukamen – rechte Winkel und Gleichseitigkeit sind also nicht mehr Marker für »normal«. Rechtecke gewinnen somit den Platz im primären Diskurs, sind nicht mehr jenes »andere«, welches eine andere Behandlung durch die Norm erfährt. Aber, wie gesagt: Es geht nicht um eine Gleichmachung, sondern um eine sich ständig weitende Vielfalt innerhalb jenes Bereiches, der als Norm erfasst wird. Rechtecks Geschichte, ihr:sein Weg zur Anerkennung, sie:er selbst, wird Teil ihres:seines Narrativs bleiben.

Neulich sagte ein Freund: »Ich bin auch Nachkomme von Flüchtlingen, meine Oma kam aus Schlesien.« Und es stimmt: Mensch ist nicht immer einfach Quadrat oder Rechteck. Auch ein Rechteck kann ein Quadrat sein: Peggy McIntosh beschreibt in ihrem TED Talk »How Studying White Privilege Systems Can Strengthen Compassion«,[13] wie sie als Frau diskriminiert wurde, aber als Weiße auf Vorbehalte gegen Schwarze »programmiert« war. Sie sagt: »I had to install new software.« So bleibt nichts anderes, als sich fortwährend, und in vielfältigen Kontexten, selbst zu überprüfen.

Wem erzähl ich das, frage ich mich, nun da die Sonne auch noch untergeht. Guten Abend, liebe Blase, bist du auch noch immer da? Aber, wer

weiß?! Ich(,) weiß. Diese Blasengeschichte. Mein Kopf platzt. Damit fing es ja eben erst an. Mit einer Blase, gefüllt mit Smoothie, umgeben von Smoothie und Untiefen und Sprudelgewässern.
Gute Nacht.

1 True Fruits Smoothies auf facebook, eingesehen am 15.2.2018. https://www.facebook.com/true.fruits.no.tricks/photos/a.157492230913/10156203682195914/?type=3&theater.

2 https://www.horizont.net/marketing/nachrichten/True-Fruits-Warum-Gruender-Marco-Knauf-seine-Hoden-in-Stahl-giessen-laesst-156580. Eingesehen am 15.2.2019.

3 Name von der Autorin geändert.

4 Name von der Autorin geändert.

5 Das Argument ist: Transsexuelle werden als abnorm und von einigen als Gefahr wahrgenommen. Tatsächlich haben sie lediglich Bedürfnisse, die niemanden verletzen und keine Gewalt zufügen. Was unterscheidet sie nun also von Pädophilen, die auch nur Gefühle und Gedanken haben, die sich von der festgelegten Norm unterscheiden und niemanden verletzen und gefährden?

6 QUADRAT und RECHTECK sind hier gewählt, um den Topos »Privileg« zu verdeutlichen. Jedes QUADRAT ist ein RECHTECK, hat also Zugang zu allem, zu dem RECHTECK Zugang hat. Aber nicht jedes RECHTECK ist ein QUADRAT. Diese Formen auch um zu zeigen, dass die Grundvoraussetzungen gleich scheinen mögen, aber nicht dieselben sind, was mit Normen zu tun hat.

7 Siehe oben.

8 Man stelle sich hier das einfache Bild jenes Kinderspielzeugs vor, bei welchem verschiedenförmige Klötze in die entsprechende Ausfräsung geworfen werden; das QUADRAT kann hier gut durch die Form RECHTECK passen, aber nicht andersherum. (Ja, Dreieck und Kreis könnten durch Quadrat passen, aber das sind an dieser Stelle lediglich kindlich-schlaue Gedanken.)

9 Zu Otherness und Norm kann man an anderer Stelle genug lesen. Das Ergebnis wird jedoch immer sein, und ist auch jetzt schon klar, Norm ist erdacht, hat nichts mit Repräsentativität zu tun oder der tatsächlichen Abbildung von Gesellschaft und ist allein dazu da, einen primären Machtdiskurs zu stärken. Mehr zu Machtdiskursen, wo, wenn nicht bei Foucault? Kann man googlen. (Na, geht dir meine Besserwisserei schon auf den Geist? Und das ganze Gerede hier, ohne eine Quellenangabe, ohne eine tatsächlich faktische Beweisführung. Ich habe keine Beweise und tue so, als hätte ich die Weisheit mit Löffeln gefressen, als wäre ich die große Weltenversteherin. Mein Verhalten ist zum Kotzen. Aber fang mal an, jetzt an dieser Stelle, drüber nachzudenken, warum? Weil ich mich für etwas Besseres zu halten scheine etwa? Fühlst du dich ausgegrenzt, aus meinem Kosmos? So oder so, danke, dass du überhaupt die Fußnoten liest.)

10 Peggy McIntosh, White Privilege: Unpacking the Invisible Knapsack (1989). www.intergroupresources.com/rc/knapsack.pdf, eingesehen am 15.2.2019. ...1989!!!

11 An dieser Stelle sei mal vollkommen von der Definition von Wahnsinn und vor allem Genie abgesehen. Auch wenn die oben genannte Wendung wohl eher auf Kombinationen wie die schizophrene Psychose von John Nash oder Friedrich Hölderlin oder

die bei Robert Schumann oder Vincent van Gogh vorliegenden bipolaren Störungen verweist.

12 Man stelle sich quadratische Türen in Chefetagen, Parlamenten, Universitäten, Gremien, Aufsichtsräten, Golf- und Lions- und Rotarierclubs, Gymnasien und allen Orten, die meinen, das Suffix »Elite« täte ihnen gut, vor.

13 https://www.youtube.com/watch?v=e-BY9UEewHw&t=69s. Eingesehen am 15.2.2019.

Selma Matter
City of the Walking Dog

Über die Hitze sprechen
Ich weiß nicht, wie man
über die Hitze sprechen kann
von hier aus
wo ich stehe
Ich meine
Ich finde
Ich denke
es ist nicht so leicht zu beschreiben
Ich kann etwas sagen, zum Beispiel
Ich seh etwas, was du nicht siehst
aber ich kann es nicht zeigen
Welche Farbe hat es
Zinnober? Ocker? Magenta?
Ich weiß nicht
aber ich sehe es ja
Es ist da
Es ist da
Ich meine, zum Beispiel
schaue ich auf das Matterhorn
von Bern aus
oder Berlin
oder sagen wir
von hier
schaue ich am Fernsehturm vorbei
schaue ich an ein paar Kirchen vorbei

auf das Matterhorn
das da steht im Sonnenuntergang
und den aushält
einfach so aushält
wie jeden Tag, seit Millionen Jahren
Sehen Sie
Gleich ist die Sonne hinter dem Berg.
Dann
irgendwann
vielleicht nur einen Tag später
wache ich auf
will mir den Sonnenaufgang
das Matterhorn in Lila-, Rosa-, Orange-Tönen anschauen
aber das Matterhorn ist nicht mehr da
Ich kann es einfach nicht mehr entdecken
nicht hinter der Gedächtniskirche nicht hinter dem Großmünster nicht
hinter dem Coop oder dem Hauptbahnhof
Ich beweg so den Kopf
nach da rüber
aber da ändert sich nichts
Das Bergpanorama ist immer noch ein Bergpanorama
aber mit einem Loch in der Mitte
Diese entsetzliche Lücke, ich meine
was das alles mit sich bringt
wenn so ein Berg verschwindet
Postkarten müssen umgedruckt werden
Die Verpackung der Toblerone Schokolade müsste umgedruckt werden
weil ihr Logo das Matterhorn ist
Im Grunde müsste jeder einzelne Riegel aus dem Ladenregal genommen
und eingeschmolzen werden
Schließlich ist die dreieckige Form dem Matterhorn nachempfunden
und das ist jetzt nicht mehr dreieckig, sondern so flach wie ein Fladen

Jetzt kommt gleich jemand auf dieses Podest gerannt und schreit
Reißt ihr den Mantel runter
sie lügt
Von Berlin aus kann man keine Berge sehen

Von Berlin aus sieht man genau einen Berg
und das ist der Teufelsberg
ein Müllberg am Stadtrandgebiet
der aus Weltkriegsschutt besteht

Na und
sage ich
na und
Darum geht es nicht
Es geht darum:
Ich schaue auf diesen Berg
aus Eis
kein Eisberg
aber aus Eis
Der ganze Berg ist durchgefroren
schon seit langer Zeit
Ich schau ihn an
er schaut zurück
ein Blickduell
Er hält den Blick und hält und hält
dann
kaum dreh ich mich weg
sackt er in sich zusammen, einfach so
hinter meinem Rücken

Wie kann man
wie
ich weiß nicht wie man
über die Hitze sprechen kann

Vielleicht so:
Sehen Sie
Ich habe noch Ruß am Kinn
Ich habe noch Rauch in der Nase
Ich habe Asche im Haar
wenn Sie es nicht sehen können
müssen Sie es glauben

Ich komme vom Land
Ich komme vom Brand
Ich komme aus einem kleinen Dorf in Brandenburg
Es liegt an einem See
der kein See mehr ist
Vor einem Jahr
stellte ich mich ans Ufer
das uferlos geworden war
sich gefräßig ausgebreitet hatte bis in den See hinein
Der See hatte sich in ein einziges Ufer verwandelt
der Grund des Sees
in seine Oberfläche
366 Tage ist das her
da tat ich einen Schritt
und noch einen
Ich reihte einen Schritt an den nächsten, bis es eine Strecke war
und kam nicht mehr zum Stehen
bis ich hier ankam heute Nachmittag

Sehen Sie
diese Schuhe
Ich bin mit ihnen durch Wälder gegangen
habe mich tagelang in einer Höhle versteckt
dreimal einen Fluss überquert
auf der Flucht vor der Hitze
Ich ging durch einen Wald
in dem die tot gestapelten Bäume die lebenden überragten
Es brannte nicht
und brannte doch
Einige Bäume hefteten sich an meine Füße
Sie folgten mir über den Fluss
So standen wir zusammen im Wasser
hier eine Buche
da eine Kiefer
und duckten uns unter den Rauch
auf der Flucht vor der Deadman Zone
Darunter versteht man die Schneisen rechts und links vom Waldbrand

wohin das Feuer ausschlagen kann
wenn der Wind sich dreht
Alle, die dort stehen
sind dann tot
dead men

Was soll ich sagen
Ich habe noch Qualm in der Nase
Ich habe das Knacken von Käfern im Ohr
die unter der Rinde gegrillt werden
Hier, meine Augenbraue
sie ist abgebrannt

Sie ist nicht abgebrannt
Es stimmt
Sie ist es nicht

Es ist doch so
Man kann nicht über die Hitze sprechen
Man kann es einfach nicht
Man muss mit den Erhitzten sprechen
Aber wie
aber wie
Ich weiß es nicht

An der Peripherie
denke ich

Mit meinen Fingern
meinen Füßen
mit einem klapprigen Fahrrad
fahre ich Ränder entlang
der Stadt
des Landes
des Kontinents

Wo sieht man es denn
Wo sieht man sie
Wo sind sie, die Erhitzten?

Vielleicht hier
oder hier

Folgen Sie mir

Ich steige in einen Bus
steige aus
steige ein
die scharfen Kanten des Tickets in meiner Hand
betrete ich einen Waggon
Ich setze mich ins Bordbistro
des Regiojets
dann
der transsibirischen Eisenbahn
Ich trinke einen Kaffee
nach dem anderen
Der Zug fährt durch Frankfurt, Schwiebus, Posen
Warschau, Vilnius, Minsk
später Moskau, Kirow, Nowosibirsk
von einer Zeitzone
in die nächste

Auf der Höhe von Seddin in Brandenburg
nehme ich mich zusammen
nehme ich den roten Hammer aus der Fassung
schaue links, schaue rechts
und schlage die Scheibe ein
Jetzt weht warmer Wind herein
Hier leben Waschbären in verfallenen Datschen
Hirsche in fauligen Clublokalen
Ich betätige den roten Griff über meinem Kopf
Der Zug kreischt, kommt zum Stehen
Ich springe elegant durch das zertrümmerte Glas, überspringe den

verwaisten Bahnsteig, springe direkt auf das Feld vor dem Fenster
Es ist von hellen Muscheln übersät, die so kalkig leuchten, dass es in den Augen schmerzt
Das ist der See
der kein See mehr ist
Ich habe sein Ufer aufgesucht
um mit den Muscheln zu nuscheln
Ich sage
Ich will mich mit euch unterhalten
Feldmäuse springen grau zwischen meinen Füßen umher
Manche gelangen bis an meine Knie
Ich hebe eine helle Muschel auf und halte sie an mein Ohr
Die Muschel nuschelt in meine Ohrmuschel
Sie nuschelt und nuschelt und nuschelt
Ich kann sie hören, aber nicht verstehen
Ich will sie etwas fragen
aber ich weiß nicht was
Naja, oder besser gesagt:
Ich weiß nicht, wie ich es sagen soll

Die Mäuse werden zudringlicher
Sie beginnen an meinen Schnürsenkeln zu nagen
Irgendwann gebe ich auf
wende mich zum Gehen

Ich laufe zurück zum Zug und denke an Folgendes:
An dem Tag wo der See endgültig austrocknet
oder wo man das versteht
wird ein riesiges Netz ausgeworfen
so groß wie der See klein ist
man zieht es einmal übern Grund
und alle Fische bleiben darin hängen
abends gibt es Fischstäbchen Fischsuppe Fischfilet
und am Tag darauf auch
und an dem Tag darauf auch
bis alle Fische aus dem See aufgegessen sind
Wie lange das dauert

weiß ich nicht
Ich war bei der Notabfischung nicht dabei

Aber
Ich kann
Ich weiß, was ich die Muscheln fragen kann
Ich beuge mich zu meinem Bein herunter und flüstere:
Wie lange hat es gedauert?
Wie lange?
Die Muscheln antworten nicht.
Es ist still. Nur die Bäume an den Gleisen ächzen, wenn der Wind an ihnen zieht. Nach einer Weile drehe ich mich weg. Ich bin ganz dizzy von der Hitze. Ich wende mich zum Gehen und da wendet sich noch was, da heftet sich etwas an meine Wade, an die linke, dann die rechte. Ich lasse meine Hand an meinem Bein herunterwandern und da kleben Wandermuschelschalen. Sie fühlen sich trocken an, leer, aber sie haften. Ich tue so, als würde ich sie nicht bemerken und gehe am Zug entlang zurück zu meinem Fenster. Ich versuche, jede unnötige Bewegung zu vermeiden, meine Haut nicht anzuspannen, um sie nicht zu stören. Ich springe wieder durch das Fenster rein, das ich eingeschlagen habe.

Wir springen jetzt
Wir springen jetzt
Jetzt sind wir hier
am Rand von Russland
28 Stunden später
im Abteil Nr. 233
liege ich im Liegewagen
an der Wand ein Alpenpanorama aufgedruckt
Es wird dunkel
Es wird hell
Morgens bringt das Zugpersonal Kaffee und Tee auf einem kleinen Tablett: Dazu zwei zerdrückte Semmeln, Marillenmarmelade sowie ein einzelverpacktes Stück Butter und Plastikbesteck.
Wir fahren und fahren und fahren
Wiesen, Felder
boreale Nadelwälder

dann
Jakutsk
die kälteste Großstadt der Welt
Hier werden 20 % aller Diamanten weltweit gefördert, aber das spielt keine Rolle
Hier werden auch Mammutkadaver gefördert
vielleicht spielt das eine Rolle

Bevor wir den Zug verlassen
Darf ich Sie etwas fragen?
Ja?
Okay:
Wie fühlen Ihre Füße sich an?
Sind sie
warm?
Ich meine
woher wissen wir, dass nicht hier
unter unseren Füßen
etwas schwelt?
Unter meinen
oder ... Ihren
oder ... Ihren
Ich meine
ein Stück Kohle kann sich entzünden
Vielleicht sticht gleich hier zwischen uns eine blaue Flamme durch den Boden
Das kommt vor
wenn Kohle vorkommt
Es kann doch jederzeit überall aufflackern
hier eine Flamme
dort eine Flamme
da drüben
eine Flamme in Rot Grün Orange
In den USA mussten deswegen ganze Städte geräumt werden
Oder gehen Sie ins Altenburger Land
Jahrzehnte ungelöschter Bodenbrände
Haben Sie von den Zombiefeuern gehört?

Die überwintern unter der Schneedecke
lauern unter einer Häuserecke oder einem Gletscher und können im Frühling hundert Meter weiter einfach wieder aufflammen

Na ja
Wir sind nicht da
Wir sind hier
also hier-hier
und hier, in Sibirien
am Bahnsteig
Ich habe nichts dabei
außer diese Schuhe
Ich gehe
wohin?
In den Wald
Ich muss in den Wald hineingehen, um aus ihm herauszukommen
Ich gehe also durch den Wald. Die schiefen Bäume sehen aus wie auf dem Nachhauseweg eingefrorene Partygäste. Als wären sie als Gruppe unterwegs gewesen, über die Wiese spaziert und dabei wären ihnen Wurzeln gewachsen, um sie zu verankern. Wirklich. Jeder Baum zeigt in eine andere Richtung.
Habt ihr vergessen, der Sonne entgegenzuwachsen?
Vielleicht sind sie ihr bis an den Rand gefolgt
und haben sich dabei verbogen

Ich wanke zwischen den schiefen Bäumen durch
durch den betrunkenen Wald
und bin auf einmal selber ganz betrunken
Wo bin ich hier
Was mach ich hier
Hier sind nur Bäume Bäume Bäume
die sich nicht bewegen

Dann
Was ist das
Mein Fuß sackt in den Boden ein
Auf einmal steh ich bis zum Knie im Schlamm

Mein Fuß ist weg, verschwunden
Ich höre eine Stimme
Ich sehe
einen Hund
Er sieht etwas ramponiert aus
aber nicht aggressiv
Ich würde sogar sagen, er sieht freundlich aus
Er lächelt
Lächelt er, lächelt er nicht
Stellen Sie sich neben mir diesen Hund vor
ohne Lippen
zum Grinsen gezwungen
Seine Pfote ist matschig
aber noch dran
Erst mal liegt er aber noch in seinem Loch
da neben mir
tut sich der Boden auf
wird eine Schnauze in die Luft gestreckt aus dem Schlamm
stellen Sie sich das vor

In einer Gehirnwindung wird etwas unruhig
In einer Gehirnwindung in einem Hirn, das in einen Schädel gesperrt ist
und der ist von Eis umschlossen
gefrorener Erde
na ja
die bis eben gefroren war
Da drin taut eine Hirnzelle auf
und noch eine
Eine Hirnzelle gibt ein Signal an die nächste weiter und so fort
Der Hund sagt
nein, er sagt nichts, er denkt:

Das hier
Es ist matschig
aber noch dran
Ich kann es bewegen, glaube ich
Der Rest fühlt sich stöckern und steif an

Sind das nur Gehölze im Boden
Wurzeln eiskalter Bäume?
Ist das mein Bein, meine Pfote?
Ist das auch eine Wurzel
und das
und das?

Was ist das?,
frage ich den Hund
Das habe ich doch gerade gefragt,
sagt der Hund
Ich meine, was ist das mit dem Boden?
Der Boden wird warm, davon wird er weich,
sagt der Hund

Okay
Ich glaube, es reicht jetzt
sage ich zu Ihnen
sage ich zu dem Hund
aber der Hund
versteht mich nicht
Er sagt:
Aber es hat doch gerade erst angefangen!
Ich sage:
Aber das geht nicht, dass du hier einfach rumspazierst, als wärst du noch am Leben! Die Leute verstehen doch so das Leben nicht mehr! Die verstehen doch den Tod nicht mehr!
Ich kann ihn verstehen
Ich meine
Was soll ich zu dem Hund sagen? »Leg dich da wieder rein«?
Nein.
Ich lege mich gar nirgends wieder rein,
sagt der Hund und hebt seine zerfledderte Pfote
Ich sage:
Leg dich da wieder rein
Er sagt:
Nein!

15 000
15 000 Jahre
im Boden
gefroren
Ich leg mich gar nirgends wieder rein! Jetzt bin ich schon mal aufgetaut, also kann ich auch hierbleiben! Was willst du denn mit mir machen, mich wieder einfrieren? Mich in eine Kühltruhe legen zu einem Cornetto und einem Flutschfinger?

Was soll ich dem Hund sagen
Sagen Sie mir, was ich dem Hund sagen soll
bitte
Sagen Sie's mir

Sandra Rosas
Das Wort einer Frau

Sexuellen Missbrauch sichtbar machen

Ich war sechs Jahre alt, als ich meinen ersten Kuss bekam. Das, was eigentlich mit meiner Zustimmung eine Zärtlichkeit hätte sein sollen, versetzte mich brutal in eine Zeit, aus der ich weder fliehen noch die ich vergessen konnte.

Heute Abend werde ich nicht in den Horror einsteigen, den er für mich – noch immer – bedeutete und bedeutet, als ich mehr als zehn Jahre lang einen systematischen sexuellen Missbrauch durch meinen Stiefvater erlebte. Ich möchte vielmehr auf die Bedeutung eingehen, den dieser in der Entwicklung eines Mädchens hat, dem geglaubt und das unterstützt wird, und das dadurch nicht erneut missbraucht und allein gelassen wird.

Die Nachwirkungen, die der sexuelle Missbrauch hinterlässt, zeichnen das Leben eines Mädchens, sie verbleiben, unglücklicherweise, im emotionalen Bewusstsein und im Körperbewusstsein bestehen. Sie wächst auf, sie studiert, doch sie lebt mit diesen Spuren in der Seele und im Herzen. Es ist nicht notwendig zu beschreiben, was genau der Aggressor mit uns getan hat, um zu verstehen und darüber nachzudenken, welche gemeinsame Verantwortung wir jetzt als Erwachsene gegenüber den Kindern in unserer Gesellschaft haben.

Das Thema der Gewalttaten gegen Frauen, vergangene und aktuelle, bewegt mich, und ich möchte dazu beitragen, sie in irgendeiner Weise aus meinem Graben heraus ans Licht zu bringen. In Mexiko, dem Land, aus dem ich stamme, wo ich geboren wurde, aber in dem ich nicht lebe und auch nicht mehr leben möchte, werden jeden Tag die Menschenrechte von Tausenden von Personen missachtet. Doch ich möchte mich auf das Thema der Gewalttaten gegen Mädchen und Frauen in Mexiko fokussieren. Jeden Tag werden mehr als zehn Frauen getötet, allein nur deshalb, weil sie

Frauen sind. Von den zur Anzeige gebrachten Fällen bleiben 98 % straffrei. Mit den Kindern passiert ähnliches. Tausende von Kindern erleiden sexuelle Übergriffe und Vergewaltigungen, aber nur 5 % der Täter werden verurteilt. Laut UNICEF bleiben in Mexiko 95 % der Fälle straffrei. Und hier sprechen wir nur von den Fällen, die zur Anzeige gebracht worden sind! Allein dieser Satz geht mir unter die Haut, aber für mich als Überlebende ist es noch schrecklicher und überhaupt nicht zu verstehen, warum das Thema des sexuellen Missbrauchs noch immer allein den Opfern obliegt. Denn nach meinem Empfinden wird dadurch nicht nur einmal Gewalt gegen eine Person ausgeübt. Es ist Gewalt, wenn sie missbraucht wird. Danach, wenn sie es erzählt, ihrer Mutter oder einer anderen Person, die uns zuhört, und die sich ein Urteil darüber erlauben. Das ist der zweite Missbrauch! Später, wenn sie es wagt, eine Anzeige aufzugeben, muss sie auf dem Kommissariat als alleinige Zeugin alles noch einmal berichten und den Täter beschreiben. Das ist der dritte Missbrauch! Und dann – letztendlich – passiert nichts. Jedenfalls nicht gutes. Wir sprechen hier von einer ganzen Kette von Verantwortlichen, oder besser gesagt, von einer ganzen Kette von Tätern. Ein Kind ist allein, wenn es den Missbrauch erlebt und in der Mehrzahl der Fälle ist es allein, wenn es seinen Täter anklagt. Und es bleibt auch allein, weil es keine Hilfe erfährt.

Sie ist allein, wenn es den Missbrauch erlebt, sie ist allein im Angesicht des Aggressors. Welch größere Einsamkeit kann es geben? Und dann schließlich im Laufe ihres Lebens bleibt sie weiterhin allein. Weil sie es vermeidet, über das Thema zu sprechen. Der Missbrauch bleibt, er bleibt im ganzen Körper. Er bleibt ein belastendes und schmerzhaftes Geheimnis. Dabei ist der sexuelle Missbrauch – und das ist das Paradoxe daran – ein tägliches Thema. Es ist weder isoliert noch besonders selten.

Ich verlasse Mexiko als Bezugspunkt. Weil ich jetzt hier zu Ihnen spreche, weil ich jetzt hier lebe. Es passiert hier in Deutschland, wenn in der polizeilichen Kriminalstatistik zu kindlichen Gewaltopfern aus dem Jahr 2020, die vom Bundeskriminalamt vorgestellt wurde, eingeschätzt wird, dass in jeder Schulklasse ein bis zwei Kinder sitzen, die sexueller Gewalt ausgesetzt waren oder sind. Diese Statistik ist offiziell! Wir wissen, dass dies kein leichtes Thema ist. Jeder, der sexuellen Missbrauch erlebt hat, fühlt sich entweder machtlos oder verantwortlich oder beides. Allein hier jetzt in diesem Augenblick darüber zu sprechen, lässt meinen Magen rebellieren. Aber – an einem bestimmten Punkt – muss man einfach anfangen.

Man muss über das Geschehene sprechen. Missbrauch ist Missbrauch. Das sollte man in allen Sprachen in Großbuchstaben schreiben, damit es wenigstens visuell ins Auge springt.

Doch um auf das Thema meines Textes zurückzukommen, der sexuelle Missbrauch durch meinen Stiefvater war nicht das Schrecklichste, das mir in meinem Leben passiert ist. Das Schrecklichste war, dass niemand da war, der mich auffing, mir glaubte und so schnell wie möglich von dort wegbrachte. Ich bin, ich erlebe die Nachwirkungen des Missbrauchs bis heute, doch damals glaubte mir niemand.

Weder meine Mutter noch meine Geschwister möchten über dieses Thema reden. Vergessen ist angesagt. Sie haben mich viele Male gebeten, es doch bitte zu überwinden. Dass ich es vergessen und verzeihen möge. Aber, was vergessen? Verzeihen, wem? Denn niemand hat mich bislang um Verzeihung gebeten, das Vergehen ist noch immer straffrei, mein Stiefvater ist noch immer Teil der Familie. Er ist der Großvater meiner Neffen. Alle oder doch fast alle Überlebenden haben die gleiche Geschichte erlebt. Ich bin keine Ausnahme.

Deshalb erachte ich es als am Wichtigsten, dass uns zugehört wird, dass uns geglaubt wird und dass wir aus der Umgebung herausgenommen werden, in der uns Gewalt angetan wurde. Wir müssen das Thema aus dem familiären Umfeld herausnehmen. Es als Gesellschaft zu dem unseren machen. Es muss ein Thema in den Büros der Jugendämter sein, genauso wie in den Schulen. Man muss die gesamte Gesellschaft sensibilisieren. Wir sind viele! Gerade jetzt, gerade hier befinden sich in diesem Raum mehr als drei Männer oder Frauen, die dieses Verbrechen am eigenen Leib erfahren haben. Andererseits brauchen wir, wie in allen Geschichten von Missbrauch, neue Gesetze.

In Mexiko kämpft man aktuell darum, dass der sexuelle Missbrauch nicht verjährt. Es kann nicht sein, dass man nach einigen Jahren niemanden mehr vor Gericht bringen kann wegen eines Verbrechens, das so sehr die Unverletzlichkeit eines Menschen betrifft und das Auswirkungen auf das ganze restliche Leben hat. Das verstehe ich nicht und das werde ich nicht akzeptieren! Nicht in meinem Namen! Nicht auf Kosten der Überlebenden! Obwohl schon so viele Jahre vergangen sind, wünsche mir, meinen Stiefvater vor Gericht bringen zu können. Ich glaube, dass das das Mindeste ist, was man einer Überlebenden bei einem Verbrechen dieser Art zugestehen sollte. Dass der Aggressor sich vor Gericht verantworten muss. Dass Gerechtigkeit geübt wird und dass das Ausmaß des Delikts anerkannt wird.

Ich bin 44 Jahre. Ich lebe nicht mehr zu Hause seit ich 15 war. Ich bin eine Überlebende! Und trotz allem möchte ich keine andere Person sein. Und ich bin auch, obwohl ich die meiste Zeit daran zweifle, eine Schriftstellerin. Ich bin dieser Traum, den ich, seit ich fünf Jahre alt war, in meinem Herzen trage – eine Person zu sein, die berühmt ist. Das erhoffte ich mir damals, als ich vom Tisch aufstand und das Lied *Verdammte Einsamkeit* von Daniela Romo sang. Das erhoffe ich mir heute noch, damit ich mich, ich weiß nicht noch wie, vom Jobcenter unabhängig machen kann. Dennoch träume ich jeden Tag davon, dass es mir gelingen wird. Ich werde es schaffen, sage ich mir. Weil ich eine Geschichte zu erzählen habe, auch wenn es schmerzt. Es ist meine Geschichte.

Es muss eine andere Art des Lebens geben, wie schon Rosario Castellanos, eine mexikanische Poetin und Schriftstellerin, sagte: »Es muss eine andere Art des Lebens geben, eine andere Art, ein Mensch und frei zu sein …«

Quellennachweise online:
https://www.unicef.org/mexico/comunicados-prensa/unicef-hace-un-llamado-poner-fin-la-violencia-sexual-en-las-escuelas

https://www.bka.de/DE/Presse/Listenseite_Pressemitteilungen/2021/Presse2021/210526_pmkindgewaltopfer.html

Karin Schwalm
Zukunft geht nur mit Frieden

Liebe Mitmenschen,
zuerst möchte ich allen danken, die diese Veranstaltung möglich gemacht haben. Ich freue mich immer noch, dass ich dabei sein darf.

Sie werden sich erinnern: Am 16.6.21 trafen Biden und Putin in Genf zusammen. Am Abend war in der Tagesschau von Ina Ruck, ARD-Studioleiterin in Moskau Folgendes zu hören: Sie habe schon lange keinen so aufgeräumten und gutgelaunten Putin mehr gesehen.

Wenn es nicht mehr braucht, um Probleme gemeinsam zu lösen, dann sollten sich die beiden unbedingt öfter treffen. Teilt euch doch den Platz auf der Weltbühne und lasst den Verdrängungswettbewerb, lasst Konfrontation endlich Geschichte sein.

Denn worum geht es eigentlich?

Um nichts weniger als um den Frieden, um einen dauerhaften Frieden auf diesem geschundenen Kontinent. Um eine geteilte Sicherheit, die all unsere Nachbarn einschließt, auch Russland.

Macht endlich Frieden!

Mein Name ist Karin Schwalm. Ich gehöre zum Marburger Bündnis »Nein zum Krieg«, und wir haben in diesem Jahr 2021 zahlreiche Friedensaktivitäten durchgeführt und wichtige Forderungen an die Bundesregierung erhoben.

Marburg gehört zum weltweiten Städtebündnis »Mayors for Peace«, das 1982 vom Bürgermeister von Hiroshima gegründet wurde. Über 8000 Städte und Kommunen haben sich diesem Bündnis angeschlossen; allein in Deutschland gibt es mehr als 700. Erklärtes Ziel ist die Ächtung der Atomwaffen. Hiroshima und Nagasaki ist dafür Begründung genug.

Wir fordern die Bundesregierung daher auf: Unterzeichnet den Atomwaffenverbotsvertrag, der ausgehend von der UNO durch ICAN, Friedensnobelpreisträgerin von 2017, auf den Weg gebracht wurde. Im Januar dieses Jahres hatten ihn 52 Staaten ratifiziert; er ist nun für diese Staaten in Kraft getreten.

Lassen Sie mich aus aktuellem Anlass hinzufügen, dass im Koalitionsvertrag der neuen Bundesregierung festgelegt ist, im kommenden März bei der Tagung der Vertragsstaaten in Wien als Beobachterin teilzunehmen. Dies kann aber nur der erste Schritt sein, dann muss der Atomwaffenverbotsvertrag auch unterzeichnet werden.

Die Unterzeichnung dieses Vertrages bedeutet, dass die in Büchel gelagerten Atomwaffen, wie bereits 2010 vom Bundestag beschlossen, abtransportiert werden. Es bedeutet darüber hinaus eine Absage an die nukleare Teilhabe. Deutsche Tornadopiloten dürften dann keine Atomwaffen zu ihren eventuellen Einsatzorten fliegen.

Die über 13 000 Atomwaffen müssen verschrottet werden, eine globale Aufgabe, die wir nicht länger aufschieben dürfen.

Ich empfinde es als unwürdig, mit der Bedrohung eines möglichen Atomkrieges leben zu müssen. Ich bin jetzt 69 Jahre alt und hätte es gern etwas heiterer.

Unterhalb der Schwelle eines Atomkrieges lauern aber auch Gefahren konventioneller Kriege.

Nach dem Ende des desaströsen Einsatzes der Bundeswehr in Afghanistan muss umfassend in den öffentlichen Medien diskutiert werden, wie sinnhaft militärische Einsätze überhaupt sind.

Können militärische Sicherheitskonzepte wirklich das einlösen, was sie uns versprechen: Sicherheit? Sicherheit, die wir uns alle wünschen und die wir gleichermaßen unseren Nachbarn zugestehen müssen.

Es muss um eine gemeinsame Sicherheit gehen. Und um einen dauerhaften Frieden. Wir wollen Frieden. Für diesen Satz gibt es immer wohltemperierte Zustimmung. Die Gemüter erhitzen sich sofort, wenn es um das wie geht.

Ich sage mit vielen anderen aus der Friedensbewegung, dass zivile Sicherheitskonzepte erfolgreicher sind als militärische und verweise an dieser Stelle auf das Sicherheitskonzept der Badischen Landeskirche: *Sicherheit neu denken.*[1] Diese zivilen Konzepte sind effizienter und geeignet, politische Ziele auch zu verwirklichen. Diese Einsicht wird von zahlreichen Studien[2] gestützt, die mit unzähligen Beispielen belegen, wie kraftvoll ein ziviles Sicherheitskonzept sein kann.

Wir müssen umdenken. Wie können wir von einer Kriegslogik zu einer Friedenslogik kommen?

Wenn wir Frieden wollen, dann müssen wir vom Frieden her denken. Und dazu gehören weder Atombomben noch neue atomar bestückbare Kampfdrohnen noch ein zukünftiges Luftkampfsystem, kurz FCAS (Future Combat Air System), das Deutschland mit Frankreich und Spanien plant und das womöglich mehr als 100 Milliarden Euro verschlingen wird.

Leider ist im Koalitionsvertrag der Ampelregierung festgehalten, dass bewaffnete Kampfdrohnen angeschafft werden sollen. Das müssen wir verhindern.

Wenn wir Frieden wollen, dann braucht es umfassende Krisenprävention, faire Handelsbeziehungen, Diplomatie, ständige Gespräche auf Augenhöhe, Friedensfachdienste, die Wiederaufnahme des NATO-Russland-Rates, um hier nur wenige Stichworte anzuführen.

Das Militär ist im Übrigen der am meisten unterschätzte Klimakiller: Eine Flugstunde des Eurofighter emittiert circa 11 Tonnen CO2. Abrüstung gehört daher dringend in das Maßnahmepaket zur Einhaltung der 1,5°-Grenze des Pariser Klimaabkommens.

Augenblicklich fließen die Milliarden aber in die Rüstung. Was wir uns dafür alles leisten könnten. Nicht nur mehr Luftfilter für unsere Schulen, sondern ausreichend Lehrkräfte, Schulpsycholog*innen, Sozialarbeiter*innen. Eine Verdoppelung der Gehälter für das Pflegepersonal in Krankenhäusern und Altenheimen, einen Mindestlohn von 13 Euro, das Ende von Hartz IV, bezahlbare Mieten. Dies wären Investitionen in das Leben. Stattdessen werden in diesem Haushaltsjahr circa 53 Milliarden in Rüstung investiert. 3 % des Bruttoinlandsproduktes sollen es in Zukunft sein; darin versteckt sich die 2 %-Zahlung an die Nato.

Aber Rüstung tötet. Schon jetzt.

Gelder werden gebunden und fehlen an anderer Stelle. Ein einziges Beispiel: Im Ärzteblatt vom 13.12.2018 war zu lesen, dass ein Mangel an Pflegefachkräften die Patientensterblichkeit auf Station erhöhen kann.

Rüstung tötet. Kriegerische Auseinandersetzungen töten. In Afghanistan mussten 59 Angehörige der Bundeswehr ihr Leben lassen; die Opfer in der Zivilbevölkerung gehen in die Zehntausende, über die man fast nie etwas lesen oder hören kann.

Rüstung tötet. Und zwar noch lange nach dem Ende von Kriegen.

In der Ostsee lagern Fässer mit Senfgas aus dem Zweiten Weltkrieg, die durchzurosten drohen. In Hessen gefährden Rüstungsaltlasten in der Nähe von Stadtallendorf das Grundwasser und somit die Gesundheit der Anwohner.

Uns wird ständig suggeriert, es gehe um unsere Verteidigung. Wir sind nicht zu verteidigen. Wenn die Waffen eingesetzt werden, über die wir heute verfügen, drohen uns nur Zerstörung und Tod.

Auch Abschreckung funktioniert nicht. Eine Seite hat immer mehr. Der Begriff dafür ist Rüstungswettlauf. Und welches Menschenbild tritt da eigentlich zutage, wenn wir uns mit Waffenarsenalen gegenüberstehen, die gleich für die Zerstörung mehrerer Planeten genügen würden?

Wir müssen diesen Irrsinn endlich hinter uns lassen.

Macht endlich Frieden!

Machen wir endlich Frieden: durch Abrüstung.

1 Becker, Ralf; Maaß, Stefan & Schneider-Harpprecht, Christoph (Hg.) (2018): *Sicherheit neu denken. Von der militärischen zur zivilen Sicherheitspolitik – Ein Szenario bis zum Jahr 2040.*

2 Chenoweth, Erica; Stephan, Maria J. (2011): *Why Civil Resistance Works: The Strategic Logic of Nonviolent Conflict.*

Hannah Perleth
Wie man Zug fährt

Zug fahren ist einfach, oder? Man geht in den Bahnhof, kauft ein Ticket, findet den richtigen Zug und steigt ein. Kein Problem. Nichts, worüber man nachdenken müsste. Meistens fahre ich auch so Zug, aber ich habe noch eine andere Technik. Die, die richtig Spaß macht.

Es beginnt nach einem Arbeitstag am Theater. Künstler sind ein bisschen seltsam, die arbeiten gern nachts und sitzen danach noch zusammen, also kommt es schon öfter vor, dass ich die letzte S-Bahn nach Hause nehmen will. Das Zugfahren beginnt in dem Moment, in dem ich vor die Tür des Theaters trete. Hier gibt es zwei Szenarien: geht noch jemand Richtung Bahnhof, bleibe ich entspannt. Bin ich alleine, gehe ich etwas schneller. Ich brauche ein paar Minuten bis zum Bahnhofsplatz.

Ein paar Dinge, die ich weiß, ohne bewusst darüber nachzudenken: den Haupteingang meide ich. Den meiden wir alle, weil dort immer Menschen sind, potenziell betrunkene, bekiffte, aufdringliche Menschen. Also einer der Nebeneingänge. Ich nehme den, der mich nicht an besagtem Haupteingang vorbeiführt. Meistens ist dort niemand, was gut ist. Der einzige Nachteil an diesem Nebeneingang: Kurz vor Mitternacht steht dort immer ein Getränkelaster. Das bedeutet etwa sechs Meter Strecke, die ich versteckt zwischen Bahnhofsgebäude und Laster hinter mich bringen muss. Das dauert etwa 15 Sekunden. Was in 15 Sekunden nicht alles passieren kann. Sagt die diffuse paranoide Stimme in meinem Kopf.

Ich habe es ins Gebäude geschafft. Die Anzeigetafel meide ich, ich weiß ganz genau, auf welchem Gleis mein Zug fährt. Ich gehe rasch, aber nicht zu schnell, den Blick gesenkt, aber den Kopf nicht zu sehr geneigt, um nicht zu unterwürfig zu wirken. Kleinigkeiten, die mir nicht mal auffallen. Dann kommt der wichtigste Teil des Heimwegs: Der besagte Nebeneingang ist noch aus einem anderen Grund sehr praktisch. Wenn ich die Treppen von dort zu den Gleisen nehme, komme ich genau am hinteren Ende des Zuges heraus. Warum ist das wichtig? Ganz einfach: wer nachts Zug fährt, steigt nicht einfach in irgendein Abteil. Was für ein verrückter Gedanke! Nein, jetzt beginnt die Spähphase. Ich gehe den Zug entlang und luge durch die Fenster.

Hier ein paar Grundregeln für die Sitzplatzwahl: Nummer 1: meide Abteile, in denen nur Männer sitzen. Klar, das liegt auf der Hand. Nummer zwei: meide Abteile, in denen du ganz allein bist. Die Chancen sind recht groß, dass du nicht allein bleibst. Und dass die, die einsteigen, den Zug ebenso ausgespäht haben wie du. Nummer 3: die Wagen, die man sucht. Gut, aber selten sind Rentnergruppen, ein paar tatterige Ehepaare, die sich quer über drei Sitzgruppen unterhalten. Rentnergruppen sind dein bester Freund auf dieser Odyssee. Ansonsten gibt es nur eine unausgesprochene Regel: Wenn du ein Abteil siehst, in dem noch eine Frau sitzt, setz dich dazu. Punkt.

Regel eins ist die offensichtlichste, aber oft die am schwersten einzuhaltende. Frauen findet man selten in nächtlichen Zügen. Wir sind meistens zehn zu eins in der Unterzahl. Also wie entscheide ich, welches mit Männern besetzte Abteil ich mir antun will? Auch hier wieder ein paar Grundregeln: setz dich nicht in das Abteil mit der Gruppe Kerle in deinem Alter, die offensichtlich betrunken sind. Setz dich auch nicht in das Abteil, in dem nur zwei Männer sitzen. Nimm das, wo mindestens fünf Männer sitzen, die nicht zusammengehören und bei dem du bei mindestens zwei ein gutes Bauchgefühl hast. Überhaupt: dein Bauchgefühl ist dein bester Freund. Instinkte können mehr, als du ihnen zugestehst.

Hast du keine Frau gefunden, setz dich in ein Abteil, das gut wirkt. Bleib nah an einer Tür, setz dich möglichst weit nach vorne zum Schaffner. Starre niemanden an. Guck in dein Handy, aber setz keine Kopfhörer auf. Bleib aufmerksam. Du bist ein empathischer Mensch, du bist keine Anfängerin. Du kannst das.

Hast du ein Abteil mit einer Frau gefunden, setz dich in ihre Nähe. Vielleicht tauscht ihr einen kurzen Blick, aber das ist nicht nötig. Ihr wisst beide, dass ihr von nun an und für die nächsten zwanzig Minuten Verbündete seid. Du behältst sie im Auge und sie dich. Und beide hofft ihr, dass die andere nach dir aussteigt.

Gut, fast geschafft. Der Zug fährt in deine Haltestelle ein. Du stehst schon an der Tür. Du hast die Schlüssel in der Hand, um Zeit zu sparen. Und aus anderen Gründen. Du weißt, wo der komische Schlüsselanhänger mit der Sirene dran ist, bei dem du immer paranoid bist, dass sie im falschen Moment aus Versehen losgeht. Vielleicht hast du ein Pfefferspray in der Tasche, vielleicht nicht. In der anderen Hand hast du dein Handy. Du hoffst auf einen leeren Bahnsteig, aber als du aussteigst, steht zwanzig Meter entfernt eine Gruppe Kerle. Sie sind laut. Du zückst dein Handy. Für einen richtigen Anruf ist zu wenig Zeit, also fängst du zu reden an, erzählst dem schwarzen Display von deinem Tag. Du versuchst große Schritte zu machen, die Schultern zurückzunehmen. Du siehst die Männer nicht an. Sie dich auch nicht. Und schon hast du ein schlechtes Gewissen. Was bist du nur für ein Mensch, dass du allen gleich das Schlimmste zutraust? Bestimmt sind es nette Kerle, und du malst dir wer weiß was aus.

Immerhin ist es gleich geschafft. Du gehst zügig nach Hause, oder du gehst zu deinem Fahrrad. Vielleicht ist eine Frau mit dir ausgestiegen. Ihr wartet aufeinander, bis beide auf ihren Fahrrädern oder in ihren Autos sitzen, erst dann fahrt ihr los. Und atmet auf, wenn ihr endlich die Haustür hinter euch schließt.

So fährt man Zug. Und es ist okay. Wirklich. Also, zumindest bin ich so daran gewöhnt, dass ich es nicht erwähne, sondern einfach tue. Das bedeutet doch, dass es okay ist oder nicht?

Was nicht mehr okay ist, war der Abend, an dem ich mit einem Freund aus der Uni was trinken war und er fand, dass ich übertreibe. Dabei habe ich kaum an der Oberfläche gekratzt, nur nebenbei erwähnt, dass nachts alleine Öffis fahren als Frau nicht so wahnsinnig viel Spaß macht. Er verstand nicht, wieso. Ich ließ das Thema fallen. Wir fuhren nach Hause, in entgegengesetzte Richtungen. Er schrieb mir, während ich noch im Zug saß. Fragte spöttisch, ob ich es lebend nach Hause geschafft hätte. Ich antwortete, nein, noch nicht, ich melde mich, und ich dachte an all die, die es eben nicht schafften. Und wissen Sie, was das Schlimmste ist? Dass beim Schreiben dieses Textes ein Gedanke immer in meinem Hinterkopf ist: Warum gehst du auch um die Zeit auf die Straße. Selbst schuld.

Aber dann denke ich an all die anderen Dinge, die wir einfach so tun, die wir als normale Verhaltensweisen in unseren Alltag integriert haben, ohne groß darüber nachzudenken. Ich sitze im Wiesengrund mit einer Freundin auf einer Bank und unterhalte mich. Uns fällt eine Gestalt auf, groß, breite Schultern, wirkt männlich, die 50 Meter entfernt im Gebüsch steht und zu uns hinüber starrt. Also stehen wir auf und gehen. Weil, man weiß ja nie, und außerdem macht es nicht so viel Spaß, von Fremden angestarrt zu werden. Ist ja auch nicht schlimm, die nächste Bank ist nicht weit, was soll's. Und ich denke an den Abend, an dem eine Freundin und ich zu zweit zu ihrer Wohnung gelaufen sind, weil wir den Nightliner verpasst haben. Alles war gut. Als wir unter der Unterführung durchmussten und hinter uns die polternden Schritte und das Lärmen einer Gruppe Betrunkener hörten, gingen wir eben etwas schneller. Redeten etwas lauter über Nichtigkeiten. Und atmeten auf, als wir abbiegen konnten.

Wie konnte das passieren? Wieso haben wir aufgehört, darüber zu reden? Denn hier fängt es an. In den Kleinigkeiten, den Alltäglichkeiten, in den Grauzonen, über die niemand sprich. Nicht reden bedeutet, dass wir sie schweigend akzeptieren. Ich will sie aber nicht akzeptieren. Ich will in den Bahnhof gehen, meinen Zug finden, einsteigen und losfahren. Ist das wirklich zu viel verlangt?

Maelene Carlotta Lindgren

Die Menschheit ist ein Regenbogen, in dem jede Farbe zählt

Hallo,

mein Name ist Maelene, und ich lebe ohne Gebärmutter und Eierstöcke. Ich bin chronisch krank, hochbegabt, studiere, und meine Eltern haben kein Abitur.

Für mich ist das kein Problem, für große Teile der Gesellschaft schon.

Seitdem ich denken kann, war ich krank. Seit Jahren wurden die Beschwerden schlimmer, jahrelang lief ich von Arzt zu Arzt. Wenn Sie im medizinischen Bereich in Kassel arbeiten – ich denke mal, wir kennen uns. Helfen konnte mir jedoch niemand. Luftnot beim Aufstehen? Kann nicht sein. So starke Schmerzen, dass Sie noch nie Sex hatten? Vielleicht mal mit einem Vibrator entspannen. Die rechte Körperseite ist 13 Grad kälter als die linke und im Stehen werden Sie lila? Suchen Sie sich mal einen Therapeuten. Ein Bandscheibenvorfall nach dem nächsten? Trainingsmangel. Puls von 160 beim Brotschmieren? Sie sind hysterisch. Starkes Stolpern? Sie sind eben ungeschickt. Schmerzen, die bewegungsunfähig machen? Wenn Sie solche Schmerzen hätten, wären Sie nicht so fröhlich. Starker Nachtschweiß? Nehmen Sie eine dünnere Decke. Wie, sind trotzdem beruflich aktiv? So schlimm kann es ja dann nicht sein. Mit Ende zwanzig noch keinen Bachelor? Da war wohl jemand faul.

Während meines Abiturs hat mir ein Lehrer gesagt, ich hätte mein Abitur nicht verdient und würde auf eine Schule für Behinderte gehören.

Obwohl ich immer krank war, habe ich mich dadurch nicht vom Leben abhalten lassen. Ich habe ein Einserabitur gemacht, eine Ausbildung zur Journalistin absolviert, engagiere mich vielfältig ehrenamtlich, stehe kurz vor zwei parallelen sehr guten Bachelorabschlüssen. Ganz ohne die Unterstützung eines akademischen Elternhauses. Die meisten Menschen kennen mich fröhlich, engagiert, erfolgreich und krank.

Ich habe jedoch immer wieder zu spüren bekommen, dass das nicht das Leben ist, was einem Menschen mit einer Erkrankung ohne privilegierten Bildungshintergrund zugestanden wird. Menschen mit Erkrankungen aus bildungsfernen Familien gelangen nicht in Führungspositionen, sind nicht die besten Schüler oder Student:innen, werden nicht im Bundesrat ausgezeichnet. In all den Jahren, in denen ich andauernd im Krankenhaus war, wurde mir von der Gesellschaft vermittelt, dass ich mich zu schonen habe, dass ich krank sei oder wahlweise, dass ich nichts habe und mich nicht so anstellen solle. Niemand hat mir vermittelt, dass ich auch mit einer Erkrankung ein Mensch sein kann, der etwas geben kann. Der andere inspirieren und die Gesellschaft gestalten kann. Der eigenständige Entscheidungen treffen kann, seinen Bildungsweg nicht von der Meinungen der Lehrer vordiktieren lassen muss und seine körperlichen Entscheidungen nicht der ersten Meinung eines Arztes überlassen muss. Dass das, was mir meine Familie mitgeben konnte, nicht alles ist, was ich werden kann. Hätte ich auf die Gesellschaft gehört, würde ich heute in einem Heim für behinderte Menschen wohnen, wäre ein Stück meines Darmes los, hätte mich umfangreichen Operationen an der Lunge unterziehen lassen und definitiv kein Abitur.

Wissen Sie, es ist nichts Schlechtes daran, in einem Heim für Behinderte zu wohnen oder kein Abitur zu haben. Während der Corona-Pandemie haben VerkäuferInnen ohne Abitur mehr für die Gesellschaft gegeben als viele Uni-ProfessorInnen. Und eine Behinderung sagt nichts über den Wert oder den Charakter eines Menschen aus.

Das Problem, was ich mit dem Lebenslauf habe, der mir vorgezeichnet wurde und den ich abgelehnt habe, ist, dass das Stellen waren, an denen die Gesellschaft für mich entscheiden wollte oder über mich geurteilt hat – ohne mich zu fragen.

Und dass dies etwas ist, was sich durch unsere Gesellschaft zieht und insbesondere die betrifft, die sich von der großen Masse unterscheiden.

2019 bekam eine meiner Erkrankungen einen Namen. Endometriose. Endometriose ist versprengte Gebärmutterschleimhaut, die sich an fast allen Organen im Körper festsetzen kann und dort zyklisch blutet. Nehmen Sie die Pille, wurde mir nach der ersten Operation gesagt – und finden Sie sich damit ab. Endometriose betrifft eine von zehn Frauen. In meinem

Fall führte die Endometriose ebenfalls zu massiven Fibrosen im Bauchraum – die Organe waren aneinandergeklebt und die Beckennerven beidseits stark gequetscht.

Dass ich jahrelang dachte, meine Periodenprobleme seien normal, liegt daran, dass über die Periode kaum gesprochen wird. Haben Sie schon einmal mit Ihrem Vater oder Ihrer Tochter beim Abendessen über die Periode gesprochen? Nein? So geht es den meisten.

Bis auf die GynäkologIn erkundigt sich niemand danach, wie es denn untenrum so läuft.

Wir bluten – und verschweigen es. Wir werden kleingemacht – und lassen es mit uns machen.

Die Periode kann etwas Schönes sein – wenn es läuft, wie es soll, ist das ein Zeichen dafür, dass der Körper in Ordnung ist.

Mehrere Ärzte weigerten sich, mir die Organe zu entfernen, obwohl es sinnvoll war. Sagten, ich sei zu jung, um das zu entscheiden. Ich müsste reproduktionsfähig bleiben. Wollten stattdessen einen Teil vom Darm wegnehmen.

In der anschließenden Histologie nach der OP wurde festgestellt, dass ich biologisch niemals hätte Kinder bekommen können, meine Eierstöcke und die Gebärmutter zusätzlich erkrankt waren.

Über mehrere Jahre wurde mir von der Gesellschaft die Wahl genommen, über mein Leben und über meinen Körper selbstbestimmt zu entscheiden. Dass ich nie eigene Kinder wollte und mit Kindern eine der regretting-motherhood-Mamas geworden wäre, die von der Gesellschaft ebenso dafür verurteilt werden, mit ihrem Elternsein unglücklich zu sein, hat niemanden interessiert.

Meine Reproduktionsfähigkeit wurde über meine Lebensqualität gestellt.

Das erlernte Wissen der Ärzte über mein Bauchgefühl und meine Meinung. Mein Bildungshintergrund über meine Hochbegabung. Welche Chancen mir die Gesellschaft gestattet hat, wurde anhand meiner körperlichen Leistungsfähigkeit und meines damaligen sozialen Status bemessen – nicht anhand meiner Fähigkeiten und meines Charakters.

Dass meine weiteren, den Alltag einschränkenden und fortschreitenden Erkrankungen so lange nicht erkannt wurden, liegt daran, dass ich nicht ernst genommen wurde.

Trotzdem ging ich nach der OP davon aus, in Zukunft ernst genommen zu werden, und ich nahm an, nun eine ungehaltene Frau zu sein, die sich gegen jegliche Art von Diskriminierung zur Wehr setzen kann – Übung macht die Meisterin.

Ich habe in den Monaten, nachdem ich diese Rede geschrieben hatte, erkannt, dass »ungehalten« in meinem Fall nicht bedeutet, unverletzbar zu sein. Ungehalten sein bedeutet nicht, eine kugelsichere Weste zu haben und gegen jegliche Art von Diskriminierung immun zu sein. Ungehalten bedeutet nicht, immer stark zu sein. Ungehaltensein ist nichts Statisches, sondern ein fluider Prozess. Menschen, die von Diskriminierungen betroffen sind, sind gezwungen, ihre Stärke immer wieder unter Beweis stellen zu müssen. Dass ich nun medizinisch adäquat behandelt werde, liegt daran, dass ich als Anwältin für mich aufgetreten bin, statt als Patientin.

Sie sehen mich hier als toughe junge Frau, doch die Momente, die mich an diesen Punkt hier gebracht haben, die sehen Sie nicht. Sie sehen nicht den Arzt im Krankenhaus, der sich weigerte, mich zu behandeln, weil er in seiner Inkompetenz dachte, die Problematik wäre psychosomatisch. Sie sehen mich nicht heulend nach diesem Erlebnis auf dem Sofa liegen und an mir selbst zweifeln. Sie sehen nicht die Erleichterung in meinem Gesicht, nachdem ich mit einer schweren Erkrankung diagnostiziert wurde – Erleichterung nur darüber, dass meine Selbstwahrnehmung, die der Arzt mir abgesprochen hatte, richtig war. Ich habe erkannt, dass Diskriminierung etwas ist, was mich mein Leben lang begleiten wird –, weil ich mit meinen Vielfaltsdimensionen am Rand der Gesellschaft stehen sollte, aber in ihrer Mitte bin. Es tut nicht weniger weh, diskriminiert zu werden, nur weil es das tausendste Mal ist und man die Strukturen dahinter versteht. Jede erneute Diskriminierung ist ein Erdbeben für die Seele – mit dem Unterschied, dass es mich vor ein paar Jahren nur erschüttert hat und heute einen Vulkanausbruch auslöst.

Ich bin eine ungehaltene Frau geworden, aber ich bin es nicht geworden, weil ich es werden wollte, sondern weil ich es werden musste, um das Leben zu gestalten, das ich führen möchte. Als ungehaltene Frau habe ich das Privileg, entscheiden zu können, welche von der Gesellschaft zugespielten Bälle ich fange, welche ich fallen lasse und welche ich mit voller Wucht zurückschleudere in der Hoffnung, durch den Aufprall Dinge nicht nur erschüttern, sondern auch ändern zu können.

Eigentlich wollte ich eine Rede nur über die Periode schreiben. Über Menstruationshütten, das Menstruationstabu, Periodenarmut. Ich wollte

Ihnen über einen spezifischen Bereich erzählen, aber habe beim Schreiben gemerkt, dass das falsch ist. Denn alle Bereiche des Lebens hängen zusammen und egal, wohin man schaut, es gibt überall Orte, an denen Menschen die Wahl abgesprochen wird. Mal sind es die Lehrer, die dem türkischen Kind mit den Hartz-4-Eltern keine Gymnasialempfehlung geben, dann nennen wir das Rassismus und Klassismus. Mal der Transgender, der die Mädchentoiletten benutzen muss, dann nennen wir das Transfeindlichkeit. Wir haben Worte dafür, wenn alte Menschen, behinderte Menschen, Menschen, die anders sind, diskriminiert werden. Und viele haben auch verstanden, dass es sogenannte Querverbindungen gibt, dass ein kranker Mensch auch ein bildungsschwaches Elternhaus haben kann und dass die Kombi aus beidem seine Möglichkeiten mehr verringert, als wenn nur eins von beiden zutreffen würde, das nennt sich Intersektionalität. Die Gesellschaft ist gut darin, Worte für Menschen zu finden, die abweichen, doch unglaublich schlecht darin, in diesen Abweichungen Stärken zu sehen. Das macht mich ungehalten, weswegen ich beschlossen habe, Ihnen von mir zu erzählen. Es bereitet mir keine Freude dies zu tun. Anstatt hier zu stehen, würde ich gerade lieber mit einem Eis auf meinem Sofa liegen. Ich persönlich habe keinen Bedarf daran, mit Ihnen über meine Erkrankungen und Diskriminierungen zu sprechen. Ich tue es, weil ich merke, dass es notwendig ist.

Ich hoffe, Schubladen aufsprengen zu können. Schubladen, in die wir Menschen aufgrund unserer eigenen Sozialisation stecken, die den Menschen aber nicht gerecht werden.

Ich habe gegoogelt, wie man eine Rede eigentlich schreibt. Dort stand, zuerst einmal das Ziel definieren. Ich habe definiert, dass das Ziel meiner Rede ist, dass Sie, wenn Sie das nächste Mal jemanden sehen, den Sie nicht für fähig halten, etwas zu tun, etwas zu sein, etwas zu glauben oder zu können – kurz innehalten und sich fragen, ob Ihr Urteil gerade wirklich auf der Person oder auf Ihrer eigenen Interpretation der Person basiert. Ich möchte erreichen, ein Bewusstsein dafür aufzubrechen, dass Menschen anders sind, als wir sie sehen. Dass unsere Meinung über jemand anderen oft mehr über uns aussagt als über unser Gegenüber. Denn erst diese Erkenntnis gibt uns die Chance, genau daran etwas zu ändern – und dadurch unserem Gegenüber die Wahl zu lassen.

Ich hoffe, hier und heute Menschen zu empowern, sich für sich selbst einzusetzen – auch dann, wenn es niemand anderes tut. Ich hoffe, Menschen dazu zu ermutigen, für andere einzustehen und gemeinsam gegen Diskriminierung aufzustehen. Wenn ich mit dieser Rede nur einem einzigen Menschen in einer schwierigen Lage Mut machen kann oder eine Person dazu bewegen, sich für eine andere einzusetzen, dann ist es mir es wert, dass ich dafür so viel von mir preisgeben muss, um gehört zu werden. Deswegen bin ich hier und nicht mit einem Eis auf meinem Sofa.

Ich bin ein Mensch der Widersprüche und eine ungehaltene Frau. Im Wort ungehalten steckt jedoch auch das Wort »gehalten«. Und wenn wir alle, egal ob Kind oder Erwachsener, ob Lehrer oder Arzt, ob Frau oder Mann, anfangen zu hinterfragen, ob das, was wir in Menschen sehen, auch das ist, was sie sind, dann ist das ein Schritt auf dem Weg in eine Gesellschaft, in der jedes Individuum gehalten wird. Ich hoffe, Sie werden ab und zu an diese Worte denken und fangen den Ball (wirft einen Ball).

Verena Joos
Die ungehaltene Antwort der Malwida von Meysenbug

Verehrte Frau Brückner,
Ich kenne Sie nicht. Sie erwecken den Anschein, mich zu kennen, haben Sie doch meine Memoiren gelesen, wenngleich nicht vollständig, wie Sie bekennen. Mein Stil, das entnehme ich Ihren Auslassungen, erweckt nicht Ihr Wohlgefallen. Zu viel Pedal, eine Oktave zu hoch. Was soll ich sagen? Es ist meine Stimmlage, um im Bild zu bleiben. Sie hätten es gern sachlicher. Nüchterner. Aber ich bin nun einmal ein Kind meiner Zeit, so, wie Sie, liebe Schwester, ein Kind Ihrer Zeit sind. Nur, dass Sie in meine Zeit zurückblicken können, mir hingegen ein Vorblick in Ihre Zeit versagt bleibt. Das macht unseren Dialog etwas ungleichgewichtig.

In puncto Emanzipation der Frau scheint sich seit meinem Ableben viel getan zu haben. Das freut mich zu hören, wenngleich sich mir nicht alles erschließt, was Sie an technischen Fortschritten beschreiben. Haushaltsmaschinen, die Dienstbotenarbeit überflüssig machen? Wie unvorstellbar wundervoll! Mutterschutz, Stillgeld, Weihnachtsgratifikation gar? Das würde ja bedeuten, dass mein Gedanke, die Frau zur völligen Freiheit der geistigen Entwicklung, zur ökonomischen Unabhängigkeit und zum Besitz aller bürgerlichen Rechte zu führen, tatsächlich in die Bahn zur Verwirklichung getreten ist! Denn in einem Punkt, liebe Schwester, haben Sie mich gründlich missverstanden. Wohl wollte ich, um es in Ihren Worten zu sagen, »die Frauen und Mütter durch die Entwicklung ihrer geistigen Fähigkeiten würdiger machen, damit sie nicht nur die Erzeugerinnen, sondern auch die geistigen Bildnerinnen der Jugend werden könnten«. Das bedeutet in meinen Augen aber nicht, wie Sie schließen, den Verzicht auf eine eigene Karriere. »Die bessere Erziehung der Frauen, die Erwerbung verschiedenartiger Kenntnisse zur Erlangung ökonomischer Unabhängigkeit, ein weiteres Feld edler Bestrebungen – das sollte die erste Aufgabe sein, um die Frauen zunächst fähiger zu machen, die Erziehung der Jugend im patriotischen und humanen Sinn in die Hand zu nehmen und sich an dem großen Werk der nationalen Erziehung, das so viele große Männer gepredigt hatten, zu beteiligen«, habe ich geschrieben. Ich räume ein, dass mir zu diesem Zeitpunkt der weibliche Parcours ins Erwerbsleben noch nicht klar vor Augen stand. Aber ist Ihnen in meinen Ausführungen nicht das Wörtchen »zunächst« aufgefallen, das ja klar auf eine Etappe, nicht etwa auf ein Ziel verweist? Im Jahr 1850 bin ich der »ersten Hochschule für das weibliche Geschlecht« in Hamburg beigetreten, die Karl Fröbel gegründet hat. Sein Onkel, Friedrich Fröbel, hat zehn Jahre zuvor den ersten Kindergarten aus der Taufe gehoben. Kindergarten! Bis dahin gab es nur Kinderverwahranstalten. Einer solchen den Nachwuchs anzuvertrauen, hätte den Müttern nicht wohl angestanden. Ein Garten aber, der die zarten Pflänzchen behutsam und behütet gedeihen lässt, das erachte ich sehr wohl als eine Alternative für ausschließlich häusliche Erziehungsarbeit. Zumindest aber als eine Ergänzung. Bedauerlicherweise war das Fröbelsche Kindergartenkonzept zu meiner Zeit noch nicht weit genug verbreitet, um allen Frauen, die danach strebten, Zutritt zur Erwerbstätigkeit zu gewähren. Wenn sich dies zum Besseren entwickelt hat, und davon gehe ich aus, so ist es ganz in meinem Sinne.

Ihre Mutmaßungen über meinen Umgang mit den Geistesgrößen Ihres Jahrhunderts, liebe Schwester, muss ich unkommentiert lassen. Ich kenne weder Sartre noch Heinrich Böll noch Hans Küng, und was eine Talkshow ist, weiß ich nicht. Aber lassen Sie mich noch einige Worte über das verlieren, was Sie »Sex« zu nennen belieben. Der angeblich den höchsten Lebensgenuss beschert. Ich meinerseits liebte die Welt, die Sonne, die Erde, die Blumen, die Vergnügungen, die Jugend, die Schönheit, ich hatte Durst nach Glück! Und, ja, ich habe auch einmal einen Mann geliebt. Und in seinen Berührungen und Küssen Empfindungen verspürt, die vielleicht dem, was Sie mit diesem seltsam technisch anmutenden Wörtchen »Sex« andeuten, nahekommen. Er hat, Sie wissen es, schließlich seine Gunst einer anderen Frau geschenkt. Die Wunde der verratenen Liebe blutete noch immer fort im Grunde meines Herzens. Ich gab mich nicht ohnmächtigen Klagen und eitler Trauer hin, und es gelang mir, mein Leid zu verbergen und mein Unglück stolz zu tragen. Aber ich hätte für nichts auf der Welt die Neigung eines anderen Mannes annehmen oder ein ernstes Gefühl in seinem Herzen aufkommen lassen können. Wahre Freundschaft und ernste Sympathie konnte ich teilen, aber jene allmächtige Empfindung, wie ich sie für Theodor gehabt hatte, konnte ich nie wieder einem anderen Manne widmen. Nennen Sie es getrost »Verdrängung«. Ich nenne es »Schicksal«.

Eine letzte Erwiderung noch, bevor ich mich wieder ins ewige Schweigen zurückziehe. Sie erwähnen, nicht ohne ein Gran Häme, wie ich empfinde, meine Privilegien. Gewiss, ich habe Privilegien gehabt, wenn auch nicht genossen. Ich bin adelig geboren, ich bin behütet aufgewachsen, ich habe ein Erbteil empfangen, das ich allerdings nicht wollte. Im Gegenteil: Ich war schon früh für die Abschaffung des Erbschaftsrechts. »Dies«, so habe ich geschrieben, »würde die ungeheure Macht des Kapitals beschränken. ... Jedes Individuum würde zur Arbeit greifen müssen, um leben zu können, und damit würde vielen Lastern vorgebeugt werden, die aus der Faulheit infolge geerbter Reichtümer entspringen.« Wie ich Ihrer Rede entnehme, liebe Schwester, ist es auch in Ihrem Jahrhundert nicht zu einer solchen Abschaffung gekommen. Das ist bedauerlich.

Im Übrigen gehe ich davon aus, dass auch Sie privilegiert sind. Eine Frau, die vom Schreiben leben kann, muss privilegiert sein. Ob Sie – diese eine, einzige Sottise erlauben Sie mir – mehr mit »gewöhnlichen Sterblichen« in Berührung gekommen sind als ich, wage ich zu bezweifeln. Die sogenannten besseren Kreise wird es auch in Ihrem Jahrhundert noch geben. Vielleicht nicht mehr vom Adel definiert, sondern vom gehobenen Bürgertum, das zu meiner Zeit schon mit Macht Anspruch auf gesellschaftliche Bedeutung formulierte?

Ich komme zum Schluss. Goethes Spruch »Edel sei der Mensch, hilfreich und gut« ist die Maxime meines Lebens gewesen. Mit »edel« meint der Dichter, und meine auch ich, eine Charaktereigenschaft. Nicht, wie Sie mir zu unterstellen belieben, »rassische Hochwertigkeit«. Das ist eine Kategorie, die mir fremd ist. Ich habe die Märzrevolution erlebt und von ihr nichts weniger als eine Abschaffung der Klassenunterschiede erhofft. Vergebens. Womöglich ist das 20. Jahrhundert, von dem ich nur noch einen winzigen Zipfel erwischt habe, in diesem Punkte weitergekommen.

Olga Prokot
Arwen Undomiel

Mein Name ist Arwen Undomiel, und heute werde ich mit meiner eigenen Stimme zu Ihnen sprechen.

Sie fragen sich nun bestimmt, ob Sie meine Stimme kennen müssten?! Einigen von Ihnen wird selbst mein Name – Arwen Undomiel – nur entfernt bekannt vorkommen.

Nun, ich bin mir sicher, dass andere Namen Ihrem Gedächtnis auf die Sprünge helfen werden:
Aragorn
Legolas
Gandalf
Frodo.

Wissen Sie nun, wer ich bin?
Ich bin die Elbin, in die Aragorn im ersten Teil von *Herr der Ringe* verliebt ist … und dann im zweiten Teil … ja also … und danach habe ich im dritten Teil …

… ja, ich bin die, in die Aragorn verliebt ist.
(Zieht ein Foto aus ihren Ärmeln und hält es neben ihr Gesicht.)
Lustig oder, dass echte Frauen so ganz anders aussehen als auf der Leinwand oder auf Fotos …

Sie fragen sich sicher, wie kann es sein, dass eine der weiblichen Hauptrollen in einem der erfolgreichsten Filme weltweit mit einer Stimme spricht, die Ihnen völlig unbekannt vorkommt.
… ahhh … jetzt erinnern Sie sich ganz langsam an mich … ja, genau …

... Fetzen von gewisperten Worten dringen wie vom Wind getragen an Ihr inneres Ohr.

... leise Sätze, die sich nur schwer von der epochalen Musik absetzen können, huschen wie Schatten an Ihrem inneren Auge vorbei.

Und natürlich stellen Sie sich die Frage: Warum um Gottes willen spricht die Frau so derart leise?

... nun, Hollywood war meine Stimme:
»...etwas zu sehr ... tja, was soll ich sagen... zu ... jetzt nicht direkt laut, aber doch in meinen Ohren etwas zu ... äh ... weißt du, und außerdem hat sich schon die Cate Blanchett nicht durchgehend an die Anweisung gehalten, leise zu sprechen ... also dieser heftige stimmliche Ausschlag nach oben von der ... tja so richtig schön ist das ... also ... eher ... hm ... ja, da solltest du dich im Gegensatz dazu besser etwas zurücknehmen und ... das klingt so BEZAUBERND, wenn du das so zart sprichst ... ach ... also, ganz toll.«

Haben Sie verstanden, worüber ich in den Filmen gesprochen habe?
Wenn ja, gut für Sie, denn das bedeutet, dass Sie zum Zeitpunkt, als Sie *Herr der Ringe* zum ersten Mal sahen, ein ausgesprochen gutes Gehör hatten.

Für alle anderen zunächst ein paar Fakten, damit Sie sich einen Überblick verschaffen können:
Das Epos *Herr der Ringe* besteht aus drei Teilen. Diese haben in der Special Extended Version eine Gesamtlänge von 663 Minuten oder anders ausgedrückt: eine Gesamtlänge von 11 Stunden und 2 Minuten.
Meine Bildschirmzeit als eine der durchgehenden weibliche Charaktere beträgt 21 Minuten und 4 Sekunden oder anders ausgedrückt: Ich bin in 3,1 % der gesamten drei Filme zu sehen.
Diese 21,04 Minuten oder 3,1 %, die ich auf dem Bildschirm zu sehen bin, lassen sich in 12 Szenen unterteilen:
4 von diesen 12 Szenen sind Träume über mich.
In einem Drittel der Szenen steigen mir die Tränen in die Augen.
Innerhalb der 12 Szenen finden 7 Küsse statt.

In zwei Szenen spreche ich kein einziges Wort.
In 0 % der Zeit spreche ich mit einer anderen Frau.

Obwohl es sich hierbei um wirklich sehr kurze Szenen handelt oder gerade deswegen, möchte ich dazu heute Stellung beziehen, denn meiner Meinung nach wurde ich als Person sowohl von Herrn Tolkien als auch von Herrn Jackson verkürzt dargestellt, so dass ein falscher Eindruck von mir entstanden ist.

Nun könnte man natürlich sagen:
»Gut, es geht in *Herr der Ringe* darum, ein Schmuckstück von A nach B zu bringen, und das kann die Arwen eben nicht, weil.
… äh … tja, warum kann die Arwen das eigentlich nicht?«

Gute Frage. Ich habe im ersten Teil von *Herr der Ringe*, mit dem Untertitel *Die Gefährten*, der korrekterweise nicht gegendert ist, bewiesen, dass ich eine großartige Reiterin bin.
Außerdem habe ich Frodo vor den Ringgeistern mit meinen Zauberkräften gerettet. Falls ich Ihnen auf die Sprünge helfen muss: Ich habe einen Fluss mit einem Zauberspruch belegt, so dass das Wasser zu einem mächtigen, reißenden Gewässer wurde, das uns vor unseren Feinden schützte.
Ich fasse zusammen:
Ich bin körperlich fit,
ich kann mit einem Schwert umgehen,
ich kann reiten,
ich habe Zauberkräfte,
und niemand fragt mich, ob ich mit nach Mordor kommen könnte?!

Peter Jackson hat für die *Herr der Ringe*-Filme die gesamten J. R. R. Tolkien-Bücher zu Drehbüchern umgeschrieben und dann noch Regie geführt … da hat auch niemand gesagt: »Mensch, Peter, das ist doch ein echtes Mammutprojekt, biste dir sicher, dass du dich da mal nicht überhebst?«
Nein, da sagen nämlich alle: »Wow, der Peter! Der alte Tausendsassa, der kann wirklich alles … Aber die Arwen, tja … also was die alles laut ihrer Vita draufhaben soll … das klingt unseriös … lass uns die besser nicht mitnehmen bei so einer verantwortungsvollen Reise.«

Die gesamte männlich gelesene Bagage unter dem Vorsitz meines Vaters hält eine Konferenz ab, um zu beschließen, dass neun von ihnen EINEN Ring nach Mordor bringen, um diesen dort zu zerstören.
Die fragen mich nicht um Hilfe und nehmen stattdessen VIER Hobbits mit!?
Gut, der eine trägt das Schmuckstück, klar.
Den anderen braucht man auch, weil der den Schmuckträger-Hobbit liebt. Klar.
Aber da bleiben noch diese zwei vergnügungssüchtigen Hobbits, die eigentlich was noch mal können?
Genau: Nix.
Und die werden mitgenommen, und ich muss zu Hause bleiben!

Aragorn, das ist der Mann, der ja sooooo in mich verliebt ist, zieht also einfach los, ohne Erklärung, weshalb das für mich etwas »ungünstig ausgegangen« ist?!
Es gibt lediglich eine Aufnahme davon, dass sich unsere Blicke in der Menge treffen, bevor die Gefährten losziehen.
An dieser Stelle möchte ich einen kleinen Einschub machen und mich bei meinen weiblichen Zuschauenden in aller Form entschuldigen, die diesen Film in ihrer Jugend gesehen haben und jahrelang dachten, es wäre »normal«, dass wenn eine Frau traurig ist und weint, ihr zuerst zart das Wasser in die Augen steigt und dann ein bis zwei glitzernde Tränen über die Wangen kullern.
Nein, auch ich habe rote zugeschwollene Augen und mir läuft der Rotz aus der Nase, wenn ich weine.
Ich habe in diesem Augenblick aber nicht geweint, ich war wütend!!
Was da ätherisch in meinen Augen glitzert, sind Kunsttränen.

Es wäre für Aragorn so leicht gewesen zu sagen: »Weißt du was, Arwen, es wäre wirklich toll, wenn du mitkommst. Ich könnte deine Hilfe gut gebrauchen. Außerdem habe ich ein bisschen Angst vor den ganzen Herausforderungen, weil ich gar nicht soooo genau weiß, was uns da alles erwartet. Wir können uns immer so gut gegenseitig unterstützen und ergänzen uns. Ich würde mich wirklich freuen, wenn du dabei wärst.«

Nein, diese Szene gab es nicht.

Stattdessen hat Peter Jackson, der Regisseur, das Filmmaterial so »raffiniert« zusammengeschnitten, dass die Zuschauenden nicht merken konnten, wie enttäuscht ich war.
Ich komme nämlich die nächsten 3 Stunden, 48 Minuten und 20 Sekunden nicht mehr vor, weil da kein besonders liebliches Filmmaterial mit mir gedreht werden konnte.
Ja, ich war wütend.
Nun fragen Sie sich natürlich, was wurde denn nach 3 Stunden, 48 Minuten und 20 Sekunden über dich erzählt, Arwen?
Tja, also jedenfalls nicht meine Perspektive:
Ich erscheine in den Träumen anderer! Ich bin die Projektionsfläche und Aragorn ist der, der sich die Realität zusammenträumen darf.
Ich kann Ihnen sagen: Die Premiere vom zweiten Teil *Herr der Ringe* war ein absoluter Schock.
Jetzt fragt der gewiefte Fan natürlich: »Ja, aber Mooooment! Warum hast du dann Mittelerde nicht verlassen und bist mit den anderen Elben in die unsterblichen Lande gesegelt? Du hast dich nämlich für die Liebe zu Aragorn entschieden und gegen die Unsterblichkeit.«
Ich gebe zu, dass sieht auf den ersten Blick so aus. Aber: Haben Sie sich mal gefragt, weshalb meine Treffen mit Aragorn heimlich im Wald stattfinden?
Dann dieser angsteinflößende Zukunftsentwurf, mit dem mein Vater mich auf eines dieser Segelboote manipulieren wollte ...
Selbst in der letzten Unverschämtheit der Filme, meiner letzten Szene, in der Aragorn zum König gekrönt wird und ich stundenlang in der Menge mein Gesicht hinter einer Fahne verstecken muss! Wer steht da neben mir und flüstert mir seine Absolution ins Ohr, bevor ich zu Aragorn gehe?
Genau! Man nennt das eine kontrollsüchtige Vaterfigur.
Würden Sie mit Agent Smith in die Unsterblichkeit segeln?
Sehen Sie, ich auch nicht.

Verehrte Cineast*innen, jede*r von Ihnen hat mindestens einmal die Filme von *Herr der Ringe* gesehen, hat nostalgische Gefühle bei dem Wort Hobbit und hält Peter Jackson für ein Genie.
Und einige werden sagen: »Arwen, sei doch dankbar! Im Buch von Tolkien kommst du nur ein einziges Mal zu Wort, im Drehbuch von Peter Jackson immerhin in zehn Szenen.«

Ich möchte diesen Stimmen erwidern:
Nein, ich bin nicht dankbar über die von Männern bemessene Zeit, die ich zur Verfügung gestellt bekomme, um meine Stimme in die Öffentlichkeit zu tragen und wenn ich heute länger als die angegebenen 10 Minuten spreche, dann ist das nur ein Tropfen auf den heißen Stein von viel zu kurzen Wortbeiträgen von Frauen in unseren Geschichten.

Hier sei noch erwähnt, dass meine Wut nicht mithalten kann mit der Wut von BIPOCs, die in diesen Filmen nicht einmal als Statist*innen auftauchen.
Doch ich möchte versöhnlich enden, denn: Es gibt wohl Hoffnung, dass die Erzählungen in der Zukunft nicht ausschließlich von weißen, männlich gelesenen Figuren oder Personen erzählen.
»Die Welt ist im Wandel, ich spüre es im Wasser, ich spüre es in der Erde, ich rieche es in der Luft.«

Aber es geht nicht schnell genug!!!!!

Paula Thielecke
Rede zur Erschaffung einer analen Gemeinschaft, in der es auch um Lebenskummer geht

(Performance: Marlene-Sophie Haagen)

Die Kinder wollten in den Tierpark gehen oder irgendwas. Ich schreie sie an: KÖNNT IHR MICH NICHT EINMAL IN RUHE LASSEN! ICH BIN KRANK. SEHR KRANK! MUTTI HAT AUCH NOCH EIN LEBEN AUSSERHALB VON EUCH, UND DA HEISST SIE NICHT MUTTI, SONDERN PAULA, UND DIE PAULA HAT NÄMLICH LEBENSKUMMER, HÖRT IHR? UND WARUM ÜBERHAUPT TIERPARK? TIERPARK IST NICHT SCHÖN! TIERE SIND FREUNDE! TIERE GEHÖREN WEDER AUF DEN TELLER NOCH IN DEN KNAST, HABT IHR MICH VERSTANDEN – GEHT INS KINO, ABER NICHTS AUS HOLLYWOOD, VERSTANDEN? HOLLYWOOD IST VERBOTEN. HOLLYWOOD VERDIRBT DEN CHARAKTER! GUCKT EUCH EINEN SCHÖNEN DEFA-FILM AN, DA KÖNNT IHR NOCH WAS LERNEN, *SPUR DER STEINE* ODER SO. *SOLO SUNNY* IST AUCH GANZ GEIL. ABER BITTE NICHT *HEISSER SOMMER*! UND DANACH REDEN WIR DARÜBER, UND WENN IHR GROSS SEID, GEHT IHR AUCH ZUM FILM; SO WIE ICH, DA WERDET IHR ZWAR NICHT GLÜCKLICH, ABER UNSTERBLICH! UND JETZT: MARSCH!

Und sie gingen ins Kino und schauten *HEISSER SOMMER*.

Und ich weiß, es ist nicht richtig – Kinder anschreien –, wenn die so süß gucken und so kleine Hände haben, darf man nicht *drauf*schlagen, die zerbrechen dann.

Die können ja nichts dafür, die Kinder. Aber ich kann ja auch nichts dafür. Paul kann was dafür. Ach was, niemand kann was dafür. Außer das

Patriarchat vielleicht. Und Hollywood auch. Der heilige Wald. Der kann immer was dafür.

Liebeskummer dies das. Abhängigkeitsstrukturen dies das. Machtgefälle dies das. Liebe, Hormone, Konstrukte, dies das, was weiß ich. Broken-Heart-Syndrom. Gliederschmerzen, Kopfschmerzen, Schüttelfrost, keinen Hunger, gar keinen Hunger, nur Hunger auf Leben, Hunger auf Paul. Und Schnaps.

Und alles nur, weil ich dein Leben vor mir gesehen habe, Paul, als ich dich gesehen habe und du meines vor dir, als du mich gesehen hast, und beide taten wir uns gegenseitig leid und fanden uns so schön und konnten uns auch gut riechen und hatten dieses Funkeln in den Augen und hatten, um es zusammenzufassen, in erster Linie Lust aufeinander, Lust auf alles aneinander, Lust in der Brust und zwischen den Beinen und im Hirn, das zu Sahne wird, und in der Kehle und in den Pupillen, die sich LUST-aggressiv-erotisch auseinanderziehen, und dann hast du, und dann habe ich, stumm an den Anus des anderen gedacht.

Heftige Sehnsucht nach dem, was war.

Dass unsere gemeinsame Zeit hinter dem Jetzt liegt, macht mich traurig. Ich bin so traurig, und dieses Gespräch mit dir selbst, Paula, macht es nicht besser, Paula.

Und immer wieder: Widersprüche aushalten. Das sagen die Freundis auch immer. Widersprüche aushalten.

Komm schon, Paula. Steh deine Frau. Steh über den Dingen! Sei klüger als die Struktur. Lass dich nicht verarschen und schon gar nicht von Hollywood!

Paul, ich denke an dich, wie wir miteinander, wie wir ineinander; wie ich deinen Bauch geküsst habe und du meinen Hals. Ich denke daran, wie ich deine Prostata massiert habe, und wie sehr es dir gefallen hat und wie sehr du gestöhnt hast, und wir aber nicht darüber gesprochen haben, denn der Anus ist ein trauriges Tabu. Wie furchtbar schade. Dabei ist es doch das einzige Geschlechtsteil, was alle Menschen eint, der Anus.
Deutsch: After. Umgangssprachlich: Arschloch.

Alle haben einen Anus. Du und du und du und du – und du auch – einfach alle. Durch den Anus verlässt der Kot den Darm. Ja genau. So ist das. Wirbeltiere haben zusätzlich zum Anus einen Schließmuskel. Der Schließmuskel ist ein netter Muskel. Er erlaubt uns, die Darmentleerung zu regulieren. Er geht auf und wieder zu und wieder auf und wieder zu und nur ein bisschen auf und dann wieder zu – je nachdem, was das Gehirn da oben für Anweisungen nach unten gibt.

Wenn das alles so funktioniert, wie es soll, bekommen wir davon kaum etwas mit, denn pupsen und koten, das sind die alltäglichen Wunder des Lebens. Erst, wenn da etwas nicht funktioniert, da unten, dann interessieren wir uns dafür.

Neben seinen lebensnotwendigen Funktionen ist der Anus aber auch als Ort der Lust, als erogene Zone bekannt, da er mit zahlreichen, sehr sensiblen Nerven ausgestattet ist. Manche Menschen haben hinter dem Anus eine Geschlechtsdrüse, die Prostata, ungefähr so groß wie eine Kastanie, und genießen es sehr, wenn diese gestreichelt, geknetet, gedrückt, gerieben, gezwirbelt wird. Andere lieben das Streicheln, das Kneten, das Drücken, das Reiben, das Zwirbeln der Vulva VULVA von hinten HINTEN.

Das Lustempfinden ist hier mehr vom Menschen selbst als von dessen Geschlecht abhängig.

Deshalb fordere ich, dass mit sofortiger Wirkung und bis in alle Ewigkeit, sämtliche Körperfunktionen, insbesondere die des Arschlochs, entschämt werden. Der After soll als Werkzeug des Widerstandes gegen die herrschende Ordnung geliebt werden.

Die konterrevolutionäre Einteilung und die ideologische Unterscheidung der biologischen Geschlechter in Frau und Mann definiere ich hiermit als längst überholte Tradition.

Ein *gerechtes* Verhältnis zwischen den Geschlechtern zu konstruieren – darum kann es *nicht* länger gehen. Das Konzept *Mann und Frau* als Ganzes abzuschaffen – das ist das Projekt. Abschaffen. Abschaffen. Abschaffen.

Wenn der Anus das primäre Geschlechtsorgan ist, auf das wir uns beziehen, wenn wir über Sexualität, Begehren und die gesellschaftliche Position sprechen, wird es uns gelingen, das gegenwärtige und veraltete heterozentristische Weltbild durch ein kontrasexuelles, ein anales Weltbild zu ersetzen. Lest doch hierzu auch nochmal das *Kontrasexuelle Manifest*. Wie dem auch sei.

Die Fremdbestimmung der Menschen durch die Abhängigkeit ihrer sozialen Rollen von dem *Zwischen-den-Beinen* könnte so ein Ende finden, und wir könnten uns (vielleicht) endlich als gleichwertige Lebewesen akzeptieren und lieben.

Im Zuge dessen fordere ich außerdem, dass *Arschloch* als Ausdruck der Herabwürdigung oder Beschimpfung anderer aus dem kollektiven Gedächtnis gestrichen und durch das Wort Flasche oder Lappen oder Lauch ersetzt wird.

Wir alle wollen immer nur das Beste. Wir wollen geliebt werden. Wir wollen lieben dürfen. Wenn wir aufhören, uns als genitale Wesen zu definieren und uns dafür als a n a l e Wesen lieben lernen, ja, dann wäre schon vieles geschafft.

NACH DEM SEX

Ungehaltene Reden auf dem Kasseler Komik-Kolloquium

Katja Lange-Müller

Ungehaltene Rede zum Elefanten im Raum, der ein Porzellanladen ist

»Vorher nachdenken! Da musst du eben mal vorher nachdenken!«, riet mir mein altkluges Patenkind *Mandy, das Goldlöckchen*, und kapierte nicht, was ich daran komisch fand.

Und dann habe ich es ausnahmsweise gemacht, ich habe *vorher* nachgedacht, denn eine Rede, speziell *diese* Rede, braucht Wörter, einschlägig anzügliche. Darum legte ich mir, ehe ich erwog, sie niederzuschreiben, einige solcher Wörter auf die Zunge, also dorthin, wo ich auch mein Herz trage, und prüfte nachdenklich deren Aroma. Eins davon, kein besonders leckeres, ist das Wort *Brustwarzen.* So heißen auf Deutsch die beiden Knubbel an unseren Oberkörpern, selbst denen der Männer, die ja auch Brustwarzen haben, der Schöpfer oder Charles Darwin oder Sigmund Freud mögen wissen warum. *Brustwarzen (*Plural*)* – genauso fühlen sie sich an zwischen den Zähnen und den Fingern. Die Assoziationen, die Brustwarzen sonst noch auslösen, würde ich lieber Ihnen *über*lassen, wenn ich mich nicht auf diese heikle Rede *einge*lassen hätte; aber bitte sehr, hier sind meine: Brustwarzen, wie seltsam krankhaft, wenn nicht gar eklig klingt das denn?! Da nenne ich diese Wucherungen(?), Gewebsknöllchen(?), Pigmentzipfel(?) doch besser englisch *Nippel* oder bildungsbeflissen *Mamillen* oder zoologisch *Zitzen*, zumal wir Menschen, ob es uns nun peinlich ist oder nicht, trotz unserer ins Technisch-Kulturelle abgedrifteten Evolution, nach wie vor zu den *Säugetieren* gehören – und das praktisch in jeder Lebensphase.

Das Wörtchen *Sex* hingegen schmeckt und tönt harmlos und sächsisch ausgesprochen wie die Zahl: *Sächs.* Seit einigen Jahren ist Sex aber nicht mehr nur einfach Sex; es gibt immer neue Varianten der Sexualität und gefühlt täglich gesellen sich zu heterosexuell, homosexuell, bisexuell, transsexuell, intersexuell, asexuell weitere hinzu: sapiosexuell, demisexuell, pansexuell, queersexuell … Die Auswahl an Möglichkeiten, die jede, jeder und jedes hier gerne noch um ein paar Präferenzen bereichern darf, ist riesig und das – alles in allem – begrüßenswert, weil es unsere Freiheit mehrt, zumindest die der Wortwahl. Von wegen: Wer die Wahl hat, hat die Qual; das stimmt ja nicht mal an oder in der Urne! Vor der Urne – in des Wortes zweiter Bedeutung – bewahre uns der Sex! (Wieso eigentlich *der* und nicht *die* Sex?) Sex, egal ob der oder die und dieser oder jener, soll ja verdammt gesund sein, blutdruckfreundlich, stimmungsaufhellend, revitalisierend, ganz besonders im Alter, in dem uns angeblich eh nur noch unsere Gesundheit interessiert, schon weil die Rente fürs Kranksein nicht reicht. Sex im Alter – klingt nicht nur gut, tut auch gut, zumindest behaupten das die Gerontolog*innen (und außen), jedenfalls besser als er womöglich ist und viel besser als unser deutsches Wort dafür, dem bezeichnenderweise das Adjektiv *schlecht* eingeschrieben ist, denn es lautet *Geschlechtsverkehr*. Ge-schlecht-s-verkehr, dies merkwürdig zusammengesetzte Substantiv musste ich, kaum dass ich es gekostet hatte, sofort ausspucken, obwohl ich mir, als ich es dann etwas angewidert im Tempotaschentuch betrachtete, trotzdem – oder eher rotzdem – irgendwie schadenfroh – oder eher blechschadenfroh – eine Großstadt voller vollautomatisch, also führerlos kopulierender weiblicher und männlicher SUVs vorstellte, ein jeder programmiert nach dem Motto: Fahr*zeuge* schnell noch eins von deiner Sorte, und noch eins, und noch eins, solange wir quietschmobilen Automobile diesen im Klima(k)terium befindlichen Planeten namens Erde beherrschen, doch uns: niemals! Unter die Räder mit fridays for future! Nieder mit Extinction Rebellion!

Dies Kopfkino gefiel mir, obwohl ich weder ein Auto habe noch eins bin, aber immerhin eine Autorin. Der andere Film, der mit den siebzehn Paaren kopulierender Greisinnen und Greise, hatte gegen den keine Chance, auch wenn er realer wirkte und entschieden pornografischer.

Merken Sie, wie ich mich auf wortspielerischen Schleichwegen ranrobbe ans Thema und die Rede, zu der ich, leichtfertiger als je zu einem Partner, ja gesagt habe, und wie ich dennoch ausweiche: dem Thema Sex, der »ungehaltenen Rede« und Ihnen hier, die Sie womöglich hoffen, mir könnte zu alledem mehr einfallen als Ihnen.

Warum fragte ich mich, als ich mit dieser Rede schwanger ging, soll ich öffentlich über Sex nach- oder vordenken, obgleich es – nicht nur in der

Werbung wohlbemerkt – so viele andere und wahrscheinlich unkompliziertere Freudenspender gibt, beispielsweise intelligente Zahnbürsten, grinsende Grippemonster, sprechendes Backpapier, tanzende Nasenhaarentferner …

Jetzt, im dritten Anlauf, komme ich aber mal zur Sache und bekenne es: Ich bin – auch Wechseljahre später – laut Personalausweis feminin, also eine alte Frau, hellhäutig, also weiß, heterosexuell, also das Übliche, deutsch mit ostdeutschem Migrationshintergrund, also zugewandert, und korpulent, also dick, alles in allem nicht gerade das, womit man derzeit den größten Blumentopf gewinnt. Dass ich keine Tattoos habe, keine Piercings, keine Silikonimplantate, weder in den Brüsten noch im Po noch in den Waden, kommt aufmerksamkeitsdefiziterschwerend hinzu. Genaugenommen weiß ich eigentlich kaum, von wem ich rede, wenn ich von mir rede, von mir als einem sexuellen Wesen – wie zu betonen ist, doch ich will es wenigstens versuchen:

In jungen Jahren, etwa zwischen vierzehn und dreißig, ging es mir wie vielen jungen Frauen. Ich fühlte mich unzulänglich, nicht hübsch genug: Busen zu klein, Bauch zu rund, Schenkel zu stramm, Hintern zu flach, Haar zu fein, Nase zu spitz … Kurz, ich hatte jede Menge Problemzonen – sogar das Land, in dem ich lebte, war eine einzige Problemzone! Tagsüber ließ sich, zumindest an mir, manches einigermaßen kaschieren mit selbstgenähten Klamotten und tschechoslowakischer Schminke. Doch jeden Abend, wenn ich mich ausgezogen und mir das Gesicht gewaschen hatte – meistens nur das Gesicht, denn eine Dusche oder gar eine Badewanne gab es in DDR-hauptstädtischen Altbauwohnungen kaum – kam er, der Moment, in dem ich nackt vor dem Spiegel stand und, wie ich es von klein auf gewohnt war, meine Lektion »Selbstkritik« übte. Ich beäugte mich finster und dachte unweigerlich an ein Gedicht, das ich mal irgendwo gelesen hatte: »Deine schwarzen Wimpern und deine Rosenwangen / gehen nicht mit dir zu Bett. / Sie liegen auf dem Nachttisch / in Tüchern aufgefangen.« Oder ich tröstete mich mit den beiden Sprüchen, die mir meine bio-logisch veranlagte Tante Ida ins Poesiealbum geschrieben hatte. Erster Spruch: »Der Mensch ist wie eine Arche Noah. Es sind alle Tiere an Bord, aber bei keinem Menschen sind die auch alle an Deck. Bei dem einen tummeln sich oben die Panther, die Pfauen und die Antilopen, bei dem andern die Kröten, die Geier und die Asseln.« Zweiter Spruch: »Katja, mein Pummelchen, denke immer daran, eine dürre Ziege ist noch lange keine Gazelle.« Noch schlimmer war es, wenn ich mir leichtsinnigerweise mal das aufgegabelt hatte, was wir DeDeRroni-Bräute damals völlig unromantisch einen »Stecher« nannten. In dem Fall hieß die Parole: Licht aus, Augen zu, Bauch rein, ab ins Nest, und nichts wie durch! Entgegen anderslautenden, aber hartnäckig sich haltenden Gerüchten waren wir womöglich bei der Arbeit emanzipierter als die Westlerinnen, auf dem weiten Feld der Sexualität waren wir es sicher nicht. Und wenn wir, zumindest bis Körbchengröße 90D, schon lange vor und Jahre nach '68 ohne BH herumliefen, so lag es daran, dass die Modelle vom *VEB Elastic-Mieder Zeulenroda* in Kalkweiß oder Schlüpferrosa, und einzig die gab zu kaufen, keiner von uns passten, so, wie sie auch keiner »drüben« gepasst hätten. Da haben wir doch lieber gleich darauf verzichtet, uns diese »Quarktaschen« umzuschnallen.

Ja, ja, *Stecher* für Galan, *Quarktaschen* und *Tittenjackett* für Büstenhalter, *Althühner* für reife Frauen; wir nannten die Dinge bei fürchterlich rohen Namen! Aber als ich dann später, in der BRD, ebenso grobe Metaphern hörte, etwa *Wichsvorlage* für Aktfoto oder *Schnackseln* und *Bratwurst ins Sauerkraut stecken* für Koitus oder – der Ausflug in weniger anzügliche Regionen unseres Wortschatzes sei mir gestattet – *Pippi in den Augen* für Weinen oder – rabiat geschichtsvergessen – *Gas geben* für einen Zahn zulegen, da wurde mir klar, dass unser einziges wirklich gemeinsames *primäres Geschlechtsmerkmal* eben doch die an derlei brechreizfördernden Ausdrücken bemerkenswert reiche *Sprache der Dichter und Denker* ist. Nein, unser angeblich so schwer zu erlernendes *Gesamtdeutsch* leidet nicht unter dem *generischen Maskulinum*, gegen das die Pionierinnen und Pioniere der eh bloß sprachkosmetisch wirksamen *Gendergerechtigkeit* unsägliche, den Artikel, also das Geschlecht, erst so richtig knalldeutlich hervorstechende Zeichen und Schreibweisen ins Feld führen, sondern an den ärmlich-ruppigen, ja verächtlichen Begriffen, die wir gebrauchen, wenn es um Gefühle oder Sexuelles geht – und gerade die verweisen, mehr als manchem von uns bewusst ist, auf den Zustand unserer Gesellschaft!

Nun zurück zu mir und damals: Mit ungefähr zwanzig Jahren kam ich allmählich raus aus jenen quälend egomanischen Phasen der Pubertät und Spätpubertät, in denen wohl jeder Mensch, ganz so, als sei er das Wichtigste auf der Welt, nur sich selbst beachtet und dabei komplett ausblendet, dass diese physischen und seelischen Veränderungen, die er mit Angstlust an sich wahrnimmt, alle um ihn herum in etwa dem gleichen Lebensabschnitt auch erfahren haben. Nichts, was uns geschieht, ist so gewöhnlich wie die Adoleszenz. Aber sagen Sie das mal einem, der da gerade mittendrin steckt!

Ab vierzig etwa stellte sich bei mir endlich eine gewisse Resignation ein. Ich war, wie ich war, das hatte ich zu akzeptieren – und andere auch. Es gab Männer, die ich liebte, und Liebeskummer, schlimmer als Zahnschmerzen, nur guten, wenigstens gelassenen Sex gab es nicht; den lernte ich erst kurz vor der Menopause kennen, als ich längst im Westen und die DDR Geschichte war. Nun hatte der Staat, in dem ich heranwuchs, nicht zwingend mit meiner libidinösen Schwermut zu tun, doch meine Unsicherheit, meine Selbstzweifel, meine aus dieser *melancholerischen* Gemütsverfassung resultierende Bindungsschwäche, die führe ich heute auf jene Erziehung zur »allseitig reduzierten Persönlichkeit« zurück. Wäre es mir woanders anders ergangen? Keine Ahnung. Aber warum sollte ich wieder und wieder den Fehler begehen, all die Makel und Fehler, in denen ich doch die Ursache für meine damaligen sexuellen und sonstigen Schwierigkeiten vermute, nur bei mir zu suchen?!

Und wie ist es jetzt? Sie haben sich, indem Sie mir zuhören, darauf eingelassen, auch das noch zu hören: Ich bin neunundsechzig, nicht allein und einigermaßen froh; ich habe gelegentlich Sex und sogar Orgasmen. Doch ich nehme Sex, meinen und den allgemeinen, nicht mehr so ernst. Das geht ja gar nicht in diesem fortgeschrittenen Alter, in dem man bereits gewisse physische Einschränkungen bei sich und dem anderen, auch schon etwas Gebrechlichen, zu berücksichtigen hat. Man probiert nicht mehr jede Stellung aus, weder beruflich noch im Bett. Man ist nicht mehr zwanghaft auf den Höhepunkt fixiert, auf den sagenumwobenen G-Punkt gleich gar nicht, und betrachtet die Altersflecken auf der Haut des Partners, meiner nennt sie *Friedhofsblümchen*, lächelnd, wie in einer frostklaren Nacht die Sterne der Milchstraße. Die Wärme, die Nähe, die Vertrautheit, mit der beide dennoch immer wieder fremdeln, sind das Schönste an diesen reifen Umarmungen; und vielleicht schließen sie dabei die Augen, um einander nicht sehen zu müssen in ihrer doppelt plissierten Pracht. Dies Nichtsehenwollen, ob die oder der andere sein jeweiliges Drunter oder Drüber womöglich missbilligend mustert, ist das Einzige, worin die späten Liebeserlebnisse den ganz frühen ähneln.

Und wenn es vorbei ist, erhebt man sich, greift nach dem Bademantel, raucht eine Zigarette, trinkt einen Sherry, brät zwei oder vier Omeletts. Oder man zieht sich noch mal an und geht ins Kino, in die Nachtbar oder zum Nachbarn. – Oder man besucht die erwachsenen Kinder, die Geld brauchen, weil sie eine Schönheitsoperation vornehmen und sich scheiden lassen wollen ...

Doch erstaunlicherweise erfreut sich mancher betagte Mensch nun erneut an diversen Beschäftigungen, die *out of order* waren während der mittleren, vom Kampf ums persönliche – auch erotische – Glück, die anstrengende oder abhandengekommene Erwerbstätigkeit und die Sorge um den Nachwuchs. Opa holt seine Modelleisenbahn aus dem Keller, Oma bastelt wieder Origamivögel oder sammelt Pilze, wie früher an der Seite ihres Großvaters, und lässt sich dann, allerdings ohne ihr hoffentlich gutgefülltes Körbchen, einfach einen Hügel hinabkobolzen. – Ich zum Beispiel lege mich gerne mal auf einen märkischen Waldweg und beobachte Ameisenlöwen, die, bis zu den Facettenaugen vergraben, am Grund ihrer Sandtrichter auf Insekten – vorzugsweise Ameisen – lauern, die, jede ein winziger Sisyphos, versuchen, die Sandkörner unter ihren Füßchen am Wegrollen zu hindern, um irgendwann den Rand der fiesen Falle zu erreichen. Ich pflücke einen Grashalm und ermächtige mich, mein Hälmchen, die sozusagen göttliche Waffe, der einen oder anderen Ameise darzubieten und sie so zu retten – oder eben nicht. Sie mögen's albern finden, infantil, selbstherrlich ..., wie Sie wollen. Aber ich versichere Ihnen, es ist ein enorm erregendes Spiel, das einer alten Schriftstellerin, die ohne diese – womöglich noch immer sexuelle – Energie nichts mehr zustande brächte, keinen Satz, keinen Text, nicht einmal eine »ungehaltene Rede«.

Verehrte Anwesende, ich danke Ihnen dafür, dass Sie mir Ihre Ohren geliehen haben.

Stefanie Sargnagel
Meine persönliche Geschichte einer sexuellen Selbstfindung

Die weibliche Sexualität wird häufig als zarte Knospe dargestellt, etwas, das sich schüchtern entfaltet, im Alter von dreizehn Jahren frühestens. Ein Phänomen, das sich durch sanftes Kribbeln bemerkbar macht, begleitet von einem nagenden Gefühl der Scham, welches die ersten Gedanken an Körperlichkeit überdeckt. Errötete Wangen, ein verlegenes Kichern, so tun, als würde man eine zufällige Berührung nicht bemerken, über Masturbation kein Wort verlieren. Als feminin gilt Unschuld, die vom anderen Geschlecht erst geknackt werden muss, und so werden sexuelle Gefühle dann entfacht. Diese Märchen haben auch mich lange begleitet und mir das Gefühl gegeben, keine normale Frau, sondern pervers und verdorben zu sein. Ich musste erst lernen, dass meine Lust, die völlig durchschnittliche und legitime Lust eines heranwachsenden Mädchens war. Dies war ein langer und schwieriger Prozess: Selbstakzeptanz gegen die Widerstände reaktionärer Gesellschaftsbilder zu lernen. Was mich dabei unterstützt hat, war die feministische Bewegung in Form von Literatur, Filmen, aber auch Gesprächen mit jungen Emanzen. Heute kann ich offen über meine Sexualität reden und möchte damit auch andere Menschen empowern. Sex Positivity ist eines der wichtigsten Werkzeuge weiblicher Selbstermächtigung, und ich sehe es daher als Bildungsauftrag, meine Erfahrungen zu teilen und damit auch anderen Frauen die Bürde zu nehmen, sich von patriarchalen Tabus hemmen zu lassen.

Dies ist also meine persönliche Geschichte einer sexuellen Selbstfindung.

Als meine Sexualität erwachte, fühlte es sich nicht wie eine Knospe an, die schüchtern der Frühlingssonne entgegenreckte. Als meine Sexualität erwachte, war es wie ein Gewitter, das über das Land hereinbrach. Ein verdunkelter Himmel, Donnergeräusche, Blitze, Dämonengesichter, die sich aus schwarzen Wolkengebilden zu formen schienen. Sirenen in der ganzen Stadt. Massenpanik. Evakuierung. Mit einem Schlag war klar: Meine Triebe waren da.

Ich erinnere mich noch genau an diesen Tag: Es war der Weihnachtsabend 1988, ich war fast drei Jahre alt. Es roch nach Keksen, ich trug ein festliches Kleid, Mutter und Vater führten mich an der Hand ins Wohnzimmer, wo der erleuchtete Christbaum stand. Kerzenlichter, sowie Päckchen spiegelten sich in meinen weit aufgerissenen Kinderaugen. Mitten in der Pracht erblickte ich es: Wendy, ein wunderschönes Schaukelpferd mit vollem schwarzen Haar und verheißungsvollen Augen. Sein sportlicher Körper war von einer glänzenden Lackschicht überzogen und um seinen sinnlichen Mund hatte es ein karminrotes Lederband, eine Fessel mit dem es mir Gehorsam versprach. Beim Anblick wurde mir warm im Unterleib und meine winzigen Brustwarzen wurden steinhart. Die anderen Geschenke interessierten mich nicht mehr, meine Mutter stützte mich, und ich bestieg Wendy, wiegte mich vor und zurück und vor und zurück und vor und zurück. Ich konnte meine Gefühle noch nicht richtig benennen, die wenigen Worte, die ich schon aussprechen konnte, waren nicht ausreichend, um die Wogen der Lust auszudrücken, die mich durchdrangen. Ich schwitzte, wurde rot, jauchzte und weinte gleichzeitig. »Hottehü«, riefen meine Eltern nichtsahnend und klatschten. Nach fünfzehn Minuten Schaukeln erreichte ich den ersten Höhepunkt meines Lebens und fiel erschöpft vom Pferd. Verschwitzt fragte ich meinen Vater nach einer Kaugummizigarette, die er mir wohlwollend zusteckte. Nach zehn Minuten war ich auch schon wieder auf Wendys hartem Rücken. Das war der Beginn einer aufregenden Zeit. Man brachte mich in den folgenden Wochen kaum mehr von Wendy herunter. Sobald ich aufwachte und den Eintritt von Traum in die Wirklichkeit geschafft hatte, erblickte ich schon von meinem Bett aus ihr schönes Gesicht in der Ecke des Zimmers. Sie sah mich herausfordernd an. Es folgten ekstatische Monate des Experimentierens, ich ritt sie immer wilder, bis unsere Beziehung eines Nachmittags ein jähes Ende nahm. Wendys Rumpf, von den wochenlangen Reibungen fast durchgeschmirgelt, brach in der Mitte durch. Es war das erste Ende einer sexuellen Beziehung und eine traumatische Erfahrung. Für Tage wollte ich nicht aus dem Bett, ernährte mich nur noch von Fruchtzwergen und Kakao. Meinen Eltern zerriss es das Herz. Doch was man in so jungen Jahren noch nicht weiß, auch solche Gefühle überlebt man. Der Winter ging vorbei, der Frühling wartete vor der Tür, es wurde Februar, es wurde März, es wurde April. Meine Tante lud zum Osterfest in ein kleines niederösterreichisches Dorf. Die ganze Großfamilie war da. Nach der Messe und der Weihung des Schinkens durften wir Kinder unsere Geschenke im Garten suchen. Bunte Ostereier, Schokolade, Süßigkeiten, von der Tante ein Bilderbuch. Nur Omas Osternest hatte ich noch nicht gefunden. Ich suchte und suchte und da entdeckte ich endlich hinter einem Berg aus Holzscheiten zwei große, weiche Löffel. Meine Oma stupste mich an und sagte: »Na schau, des is für di, glaub i. Schau moi hintre, Steffi.« Hinter dem Holzberg lag in einem Bett aus Ostergras ein gigantischer Osterhase aus Stoff. »Des is der Herr Hopsi!«, lachte meine Großmutter, und ich umarmte das weiche Tier, das fast so groß war wie ich. Ich mochte ihn sofort. Die Familie setzte sich noch zur Jause zusammen, dann dämmerte es auch schon, und wir mussten heim in die Stadt. Mit Herrn Hopsi neben mir im Kindersitz fuhren wir zurück nach Wien. Im Auto war es dunkel. Neugierig ließ ich meine kleinen Finger über sein weiches Gesicht wandern, betastete seine langen Ohren und konnte es kaum erwarten, mit Herrn Hopsi allein zu sein. Die Eltern legten mich schlafen, Herrn Hopsi legte man neben mich unter die Decke. Meine Mutter gab mir einen Gutenachtkuss, drehte das Licht ab, schloss die Tür und sagte: »Schlaf gut, Mausi.« Aber an Schlaf war gar nicht zu denken. Mein Körper war angespannt von der Nasenspitze bis zur kleinen Zehe. Herr Hopsi und ich lagen eine Zeit einfach so da nebeneinander, ohne dass jemand von uns sich regte. Ich traute mich kaum zu atmen. Dann fasste ich meinen ganzen Mut zusammen und vergrub meine Hand in seiner flauschigen Brust. Er wehrte sich nicht. Nun gab es kein Halten mehr. Herr Hopsi und ich konnten die Finger nicht mehr voneinander lassen und trieben es die ganze Nacht. Wir probierten alles aus, er auf mir, ich auf ihm, Löffelchen, und so weiter. Erschöpft schlief ich in den frühen Morgenstunden ein. So vergingen weitere spannende Jahre, bis auch Herr Hopsi an seinen Abnutzungserscheinungen zugrunde ging. Meine kindlichen Projektionen auf Gegenstände ließen in dieser Zeit ohnehin nach, das war ganz normal, und entwicklungspsychologisch gesund. Mein erotisches Interesse an meinem lebendigen Umfeld fing an zu steigen. Ich war mittlerweile elf und mit meinen achtzig Kilo eine halbe Frau, Herr Hopsi hingegen war nur noch ein durch wenige Fäden zusammengehaltener Gewebehaufen, und er widerte mich an. Ich hatte abgeschlossen. Eines Morgens brachte ich ihn in den Hof zu den Mistkübeln, dankte ihm für die vielen schönen Jahre und warf ihn in die kalte, einsame Dunkelheit der Metalltonne. Hinter mir spielte gerade der Nachbarsjunge Werner mit seinem Fußball. Gelangweilt trat er ihn gegen die Wand. »Hallo! Was machst du da?«, fragte er mich neugierig. Ich strich mir meine langen Haare zur Seite und sagte: »Ich hab nur ein altes Stofftier weggehaut, es war schon kaputt.« Werner mochte ich ganz gern, aber da er erst seit zwei Jahren im Haus wohnte, hatte wir noch nicht oft gespielt. »Magst du ein bissl kicken?«, fragte er mich freundlich. »Ich kann das nicht so gut. Spielen wir lieber fangen«, schlug ich vor. Werner war einverstanden, und wir jagten einander durch den Hof. Einmal musste ich ihn erwischen, dann er mich. Er packte mich dann um die Hüften, und wir fielen lachend auf den Boden. Bei einer Runde stürzte ich unglücklich und schlug mir das Knie auf. Das war keine Katastrophe, in dem Alter waren meine Knie meistens wund, aber Werner war sehr fürsorglich und fragte mich gleich, ob ich mit zu ihm kommen möchte, er hätte bestimmt irgendwo ein Pflaster. Ich war einverstanden, und wir gingen gemeinsam in den vierten Stock zu seiner Wohnung. Er war ein Schlüsselkind wie ich, die Eltern kamen erst in einer Stunde nach Hause. Ich wohnte im ersten Stock und war den hohen Aufstieg nicht gewohnt, ich stöhnte schon ziemlich, Werner lächelte mich an. Die Wohnung war klein, aber liebevoll eingerichtet, Werners großer Bruder saß in seinem Zimmer und spielte Sega. Während Werner in einer Rumpelkammer das Pflaster suchte, wartete ich in seinem Zimmer und setzte mich auf sein Bett. Es war angenehm weich. Gegenüber von mir stand ein großer Käfig, in dem ein fettes Meerschweinchen saß. »Das ist der Heinz. Ich hab ihn seit drei Jahren!«, hatte mir Werner stolz erzählt. Werner brauchte ewig, es polterte aus dem Nebenraum, und so wagte ich es, öffnete den Käfig und nahm Heinz raus aufs Bett. Er war ganz flauschig, und ich streichelte seine braunen Haare. Er schaute mich verführerisch an. »Brauchst du noch lange?«, rief ich Werner ins Nebenzimmer zu. »Ja, ein bisschen, ich find das Jod nicht. Du kannst daweil fernschaun.« Ich lehnte die Kinderzimmertüre an, damit niemand ins Zimmer sehen konnte und setzte mich wieder hin. Heinz hatte es sich mittlerweile am Bett gemütlich gemacht und zuckte und zitterte. Ich nahm das warme, pulsierende Meerschwein wieder in die Hand. Ich atmete tief ein und steckte es mir in die Jogginghose. Das Tier drehte durch. Es strampelte und quiekte wild. Es kratze und drehte sich, alle seine Muskeln regten sich. Nach zwei Minuten explodierte ich. Da ging die Tür auf. Werner hatte das laute Quieken erschrocken. Er sah meine zuckende Hose. »Oida, was stimmt nicht mit dir?«, schrie er und zog mir das Meerschwein aus dem Hosenbund. »Tschuldigung, war nur ein Spaß«, sagte ich beschämt und rannte aus der Wohnung. Seitdem grüßte mich Werner nicht mehr, und auch Heinz besuchte ich nur noch in meinen Tagträumen.

An diesem Tag realisierte ich: Weibliche Sexualität war in unserer Gesellschaft ein Tabu und man durfte sie nur heimlich ausleben. Ich schämte mich und fühlte mich einsam. Ich beschäftigte mich mit anderen Dingen. Schminken, Mode, Minigolf, Kunst und Kultur. Ich begann, feministische Bücher zu lesen und mich politisch zu interessieren. Über Bekannte fing ich an, mich in der sozialistischen Jugend zu engagieren. Die Politgruppe war nicht nur eine Wohltat für meinen aufkeimenden sozialen Gerechtigkeitssinn, sondern in ihren Ferienlagern konnte ich mich so richtig ausleben. Wir Jugendgruppen fuhren dann zwei Wochen an einen alternativen Bauernhof in der Steiermark, um an politischen Workshops teilzunehmen, Diskussionen zu führen, aber auch Partys zu feiern, die ersten Rauschmittel zu konsumieren und sexuelle Erfahrungen zu machen. Für mich war es das Paradies. Die Bauernfamilie, auf deren Grundstück wir zelteten, hielt Schweine, Rinder und Schafe, einen Golden Retriever, Laufenten und Kätzchen. Ich probierte alles aus, was das Lager zu bieten hatte. Nachts, wenn wir billige Vodkamixgetränke am Waldrand tranken und Flaschendrehen spielten, setzte ich mich unauffällig von der Gruppe ab und spazierte angetrunken in den Kuhstall. Ich betrachtete die riesigen Tiere beim Schlafen. Besonders schön fand ich den Stier. Er war imposant, muskulös und älter als ich. Wenn ich mit ihm zusammensaß, fühlte ich mich geborgen. Betrunken kletterte ich über die Sperrfixierung und legte mich zu ihm in das stechende Stroh. Jede Nacht traute ich mich mehr. Als ich ihn eines Nachts zaghaft zwischen den Beinen massierte, sah ich die erste Erektion in meinem Leben. Sie war wunderschön. Wir wurden immer vertrauter, der Kuhstallgeruch stimulierte mich, und eines Tages sagte ich dem Stier, dass ich so weit war, es richtig zu tun. Sein gutmütiger Blick sagte: »Wenn du es willst, will ich es auch.« Ich zog mich aus, warf meine Hippiehose und mein »No Borders« T-Shirt in den Futtertrog und legte mich nackt ins Stroh. Erwartungsvoll lag ich da und spürte den warmen Atem aus seinen rauen Nüstern. Es fühlte sich alles ganz natürlich an. Ich kannte nicht mal seinen Namen, aber jeden Zentimeter seines Körpers, seine Hörner, seine Schenkel, seine Zunge. Er drang schnaubend in mich ein, es war nur ein kurzer Stich und danach war alles wunderschön. Wir kuschelten noch etwas, dann schlich ich zurück in mein Zelt. Am Morgen beim veganen Frühstück strahlte ich vor Glück, und alle fragten, warum ich so gute Laune hätte, ob ich etwa verknallt wäre. Ich lächelte verschmitzt und hatte das Gefühl, man konnte es mir ansehen: Ich war in dieser Nacht zur Frau geworden. Auf meinem Hintern hatte ich den großen Abdruck seines rechten Vorderhufs. Der Schmerz machte mich stolz. Vor allem die feministischen Diskussionsgruppen ermunterten mich, mich selbstbestimmt auszuleben. Es ging in den Gesprächen darum, sich nicht als Schlampe darstellen zu lassen, nur weil man gerne Sex hatte, es ging aber auch darum, sich von niemanden zu etwas drängen zu lassen, keine Vorschriften zu akzeptierten, sondern nach eigenem Begehren zu handeln. Wir waren selbstbewusste, linke Mädchen, die sich widerständig gaben und nicht von reaktionärer Sexualmoral unterjochen lassen wollten. Das Erbe der sexuellen Revolution trugen wir stolz vor uns her. So verbrachte ich die Nächte abwechselnd beim Eber, beim Hammel oder in der Hundehütte. Es war mein Summer of Love.

Ich wurde älter und meine jugendliche Promiskuität reifte zu Bindungswünschen. Die Sehnsucht nach einer monogamen Beziehung wuchs. Ich hatte gerade mein Kunststudium begonnen und lebte in einer netten WG mit drei anderen StudentInnen. Im Wohnzimmer hatten wir neben einer Lavalampe ein großes Süßwasseraquarium mit Zierfischen in allen Farben: Guppys, Platys und Neonsalmler. Nach der Uni entspannte ich mich, indem ich einen Joint rauchte und die farbenfrohen Tiere betrachtete. Ein Fisch fiel mir dabei besonders ins Auge. »Flipper«, ein durchsichtiger Guppy mit einem blau schimmernden Schwanz. Abends verbrachten wir Stunden damit, uns einfach nur durch die Scheibe des Aquariums in die Augen zu schauen und schweigend unsere Münder zu öffnen und zu schließen. Manchmal erzählte ich ihm von der Uni oder spielte ihm meine Lieblingsbands vor. Er war ein toller Zuhörer. Eines Abends wusste ich dann, wir mussten einen Schritt weitergehen. Auch wenn unsere intellektuelle Verbindung von einer romantischen Tiefe war, so sehnte ich mich nach seinem kleinen schuppigen Körper. Als die WG also eines Tages leer war, nahm ich ihn am Schwanz aus dem Aquarium. Er tropfte den Boden zu mir ins Zimmer voll. In meiner Hand wand er sich aufgeregt. Ich küsste ihn, er schmeckte nach Algen. Als wir gemeinsam im Bett lagen, legte ich ihn mir auf die Klitoris. Er zappelte vor Glück, war leidenschaftlich und wusste genau, wie man eine Frau befriedigt, ich fühlte mich, als würde ich zerbersten. Als ich ihn nach dem Orgasmus wieder in die Arme nehmen wollte, bemerkte ich, dass er sich nicht mehr rührte. »Flipper?«, rief ich. »Flipper!« Doch er gab kein Lebenszeichen von sich. Die Gefühle waren zu groß gewesen. Es war wohl ein Herzstillstand. Ich brach in Tränen aus. Er war der erste Partner, den ich meinen Eltern vorstellen wollte. Und doch sah ich es positiv: Flipper war meine erste große Liebe, und sie hatte bis zum Tod gehalten. In der kurzen Trauerphase tröstete mich Flippers Freund Nemo. Er war ebenfalls ein Guppy, gelb wie die Sonne. Heute denke ich, er nützte meine emotionale Verwundbarkeit schamlos aus. Eins kam zum anderen, und auch wir landeten im Bett. Leider schied er ebenfalls in der ersten Nacht dahin. Ich wusste, so konnte das nicht weitergehen. Ich suchte etwas Festes, eine Bindung, etwas Beständiges, Ganzheitliches. Ich streifte durch die Straßen und fragte mich, ob ich etwas falsch machte. Ob mit mir vielleicht einfach irgendwas nicht stimmte. Trotz meiner feministischen Bildung machte ich den Fehler, den schon viele Frauengenerationen vor mir gemacht hatten: Ich gab mir selbst die Schuld am Scheitern meiner Beziehungen, anstatt die kleinbürgerlichen Strukturen zu analysieren, die mich umgaben. Als ich die Hoffnung schon fast aufgegeben hatte, jemanden zu finden, der mir entsprach, traf ich IHN. Ich lernte ihn bei einem Spaziergang durch den Schönbrunner Tiergarten kennen. Er war älter als ich, gebildet, er war schon um die halbe Welt gereist, hatte viel gesehen und wirkte weise und in sich ruhend; seinen Erfahrungsschatz fand ich unendlich sexy. Bei ihm fühlte ich mich angekommen. Er lebte in einem riesigen Stall im Zoo, der ihm ganz allein gehörte. Sein Name war Kibali und er war aus Indien. Wir konnten uns nur selten sehen, aber das war okay für mich, ich genoss die Zeit, die wir hatten. Ich liebte seine faltige Haut, die großen Stoßzähne und seinen langen Rüssel, mit dem er mich geschickt zu verwöhnen wusste. Es war erfüllend, und ich wollte ihn meinen Eltern vorstellen. Als sie mich eines Tages in den Zoo begleiteten und Kibali mit Erdnüssen fütterten, ließ ich die Katze aus dem Sack und verkündete ihnen, dass es sich bei Kibali um ihren zukünftigen Schwiegersohn handeln würde. Die beiden waren entsetzt. Meine Familie war aus dem rechtskonservativen Milieu, wählten traditionell die FPÖ und hatten sich etwas anderes für ihre einzige Tochter vorgestellt. Alles außerhalb ihres Familienbilds konnten sie nicht akzeptieren. Sie wollten, dass ich mit dem Pfarrer spreche. Ich stieß auf Unverständnis, warf ihnen Rassismus vor, und es kam zu einem tragischen Zerwürfnis. Ich merkte, dass nur wenige Leute unserer interkulturellen Liebe offen gegenüberstanden. Eine weiße Mitteleuropäerin und ein dreißig Jahre älterer Inder, ständig erntete ich verurteilende Blicke, wenn ich von unserer Beziehung erzählte oder öffentlich über den Zaun seines Geheges seinen Rüssel leckte. Aber es war uns egal, für uns zählte unsere Liebe, die war stärker als alle Konventionen. Als ich eines Nachts wieder bei ihm lag, überraschten uns die Zoowärter und riefen die Polizei. Ich wurde verhört und bekam Betretungsverbot im Zoo. Unsere Beziehung war ein Politikum, und die Behörden haben sie zerstört. Ich durfte Kibali nicht mehr sehen, egal wie sehr ich dagegen protestierte.

Worauf ich mit meiner Geschichte hinaus will?

Auch wenn wir denken, wir hätten die schlimmsten Zeiten der Diskriminierung hinter uns gelassen, wird man als Frau, die ihre Sexualität jenseits heteronormativer Konventionen ausleben will, von der Gesellschaft immer noch verurteilt und verstoßen. In der Sexualität zeigt sich besonders deutlich, dass wir noch lange nicht dort sind, wo wir eigentlich sein sollten. Das möchte ich auch als abschließende Botschaft meiner persönlichen Geschichten an alle Frauen da draußen richten. Lasst euch in eurer Freiheit nicht beschämen und unterdrücken. Sexualität ist unser Recht und nur wenn wir uns von sexuellen Repressionen befreien, werden wir das Patriarchat überwinden, auf in den Kampf, Schwestern. Nieder mit sexistischen Zwängen!

Dankeschön.

Nora Gomringer
Talpae lingua

Ich nehme an, die Sache mit uns Maulwürfen ist bekannt? Das Maulwurfweibchen ist nur gut dreißig Stunden paarungsbereit, kommt ein Männchen zu spät, wird es verjagt. Verpiss dich, such dir ein anderes dunkles Loch, befellter Spätzünder! Längst bin ich verschlossen, ein Buch mit einem Siegel! Halb seufzt, halb kreischt sie es ihm nach.

Was meint das Weibchen, wenn es so spricht? Schwester Maulwurf könnte den Umstand beschreiben, dass sie mit einem harzähnlichen Pfropfen verkorkt wurde nach der Begattung durch ein pünktliches Männchen. Um der Befruchtung durch eventuelle Nebenbuhler vorzubeugen, verkleben Maulwurfmännchen nämlich die Vagina des zuvor beschlafenen Weibchens.

Man muss es sich auf der Zunge zergehen lassen!

Der Maulwurf ist ein Kreuzritter, sein Banner weht schwarz, seine Burgen stehen braun, seine Weiber sind keusch gegürtet, er hält den Schlüssel, sie sind in ständiger Erwartung seiner Rückkehr. Bebend.

Wehe, er kommt zurück! Schwangere im Konzentrationslager Ravensbrück versuchten alles, um die Geburten hinauszuzögern. Wenn es ans Unvermeidliche ging, und neues Leben ist unvermeidlich, ans Licht drängend, band man ihnen die Beine zusammen, wartete und lauschte, bis ihre Schreie in einem Dunkel verstummten. Abgelegt wurden sie in der hintersten aller hintersten Ecken, in der letzten der allerletzten Baracken. Da wo kein Licht ist und nur Maulwürfe Zeugen sind. Ich, Frau, Maulwurf, habe alles gesehen. Wenn wir tot sind, liegen wir an der Oberfläche, ihr Menschen darunter. Wir Tiere spüren, dass ihr nicht in Ordnung seid, wenn ihr tot auf der Erde liegt. Und von euresgleichen Tausende.

Freilich – gewährt das erwähnte Harz uns, was die Pille euch spendet: Ruhe. Ruhe vom angespannten moralisch-kirchlich verordneten Reproduktionsakt, vom After-Dinner-and-a-Movie-Danke-für-die-Einladung-Gegenleistungsfick, vom Eingriff, der Invasion, der Unruhe, dem Schmutz, dem Verzagen, dem Unterwerfen und Dominieren, dem Seufzen, den Täuschungen und Selbst-Sex-Experimenten, der Verzückung und Erschlaffung, die Sex immer mit sich bringt, weil ja doch gelegen, geschoben, gezogen, gelärmt, gedehnt, gedüngt und ausgemessen wird. Wir hören, auch Menschen vernähen Menschen, und das ist dann Sitte und Gehörtsichso. Und wenn es nur Maße und Zahlen sind, Füllmengen und Gesamtlängen, so liegen in diesen Reihen und Ordnungen die Kardinalstugenden des Après-Sex: die Höflichkeit, die Danksagung, die Reinigung und das Lob.

Maulwurfmann, ob du wohl genug Lob erfährst für deinen rasch erledigten Liebesdienst, dein Wham-bam-Thank-you-M'am? Nie bleibst du, bis ich sagen kann: Genug oder hier, an dieser Stelle, mach weiter, hier! In der Dunkelheit der feuchten Erde, wie ein Dieb oder ein Mörder im viktorianischen England, kommst du herein, wie ein Wesen aus Edgar Allen Poes oder hundert Jahre früher: Goyas Feder! Wie oft sehnte ich mich nach einer Umarmung nach dem Akt, nach dem gemeinsamen Liegen unter der Erde, fast, als ob wir Menschentote wären!

Nicht von dir, aber von Ottern und Delfinen sind lustvolle sexuelle Akte bekannt, die im Spiel beginnen und enden. Lustvoll und spielerisch jeweils nur für den Otter mit Stecker, nicht für den mit Loch – wohlgemerkt! Es gibt belastendes Filmmaterial, welches eindeutig beweist, dass der Otter kein Eintänzer, sondern ein Weinstein im Tierreich ist, wie er eindringt in die Muscheln, die Röhren, die Frösche, deren Hälse er dehnt. I am a groundmole female and I know things.

Doch will mir das gefallen. Das mit dem Stecker. Will mir doch Sexualität als ein Steckspiel scheinen und der Akt an sich ein Versteckspiel, Beziehungskisten, das sind Steckanlagen gleich alten Telefonzentralen. Ich suche dich, ich brauche dich, ich will in dich, Moment noch! Ich verbinde! Ich streck und steck dich, versuch dich, find dich, leck dich!

Nimm du dein Dunkles und wandle, tief in den Stollen hinein.

Versteck dich darin, auf das Licht deiner Lust wartend. Was fühlt die Grube, singen noch Vögel in ihr, das Lied des Sauerstoffs zu künden? Fährst ihr tief ein, kleiner Dunkelmann, bist behelmt, im Atmen schnell und eifrig, wirst ein Onan, Samensprenger, Volker, hörst die Signale, auf zum letzten Geächz! Der Orgasmus und der Rhythmus, den das Tier in dir davor bedient, der sagt, ob du ein Tänzer bist, ein Gefühl für Dramaturgie oder nur Drama hast, du Dynamo oder Dynamit bist.

Also Maulwürfe sind einfach nur Entleerer, sind enttäuschende Enttäuscher, sind Beschwerer und Verkleber. Ich weiß, wovon ich seufze. O, es wird viel geseufzt unter uns kleinen Schwarzen, verschlossenen Gefäßen männlicher Eitelkeit. Und ist es ein Wunder, dass wir in die Kammern schleichen, in denen wir Vorräte angelegt haben? Den sich windenden fetten Wurm, den noch mindestens zwei-bebeinten Käfer, dessen Panzer herrlich knackt beim ersten Biss, die Grille, deren Musik die Totenkammer grauenhaft durchschallte bis die Imbisslust das Weibchen packte. Sie alle sind Mitternachtsspezereien für die Herrin dieses Baus. Wenn sie auch nicht die Herrin ihres Bauches ist, so kann sie immer noch die Untermieter fressen!

Der einzige Trost nach allem Bangen und Hoffen ist manchmal das Maulwurfkind, wenn es gelingt, also herausgleitet und sich dann selbst nährt und müht und man zusehen kann, wie der Glanz in sein Fell zieht. Manchmal wirft man drei, bisweilen acht in kurzer Folge. Alle sind sie schön und herrlich anzusehen. Sie bemerken, wie wir Blinde in der Sprache der Sehenden weilen? Wie ich ohne Zögern vom Sehen spreche, aber das Riechen meine. Das Riechen ist Dauererotik oder besser: Gefühl vor Verstand und so – mit Gefühl vor Verstand – geschieht es wieder und wieder, Teil der Erfahrung des Kindseins und ich stehe dir bei, Mutter, Maulwurf, Adjutant. Sage:

Das war unvermeidlich. Du und der Sex. Eigentlich macht es mich glücklich. Ich hab es an deinem frühsten Persönchen schon gemerkt, das interessiert dich und du willst üben, üben, üben. Aber übst du auch fürs Richtige? Was ist das Richtige und mit wem? Du bist ein Mann und von den Männern erwartet alle Welt: Kriege, Siege, Vorstoß und Ejakulation, Verbreitung, Einnahme und Sturm. Aber, erinnere dich, wie ich sagte: Unter meinem Dach läuft es wie folgt und wie ich dann Regeln gab für irgendwelchen Kram. Der Kram heute sei nun Sex, also setz dich und hör zu. Ich bin die Mutter, bin die Frau, die, das Tier, das du nicht kennst in mir. Orakelgleich heb ich mich aus den Nebeln, sage dir: Sei sanft und sei verblüffend, denn sie muss sich schützen und du musst es ihr erlauben, sie überraschen, indem du sie gestalten lässt. Sei nicht fordernd, aber erzähle von dir und deinen Wünschen. Sei dankbar und versichernd. Und teile dein Begehren wie frisches Brot, bereitwillig und wissend, dass es sie freuen wird, wenn sie dich mag. Gib ihr Gelegenheit, sich an dich und den Gedanken von dir zu gewöhnen. Mir bist du bekannt, mein Sohn, für sie bist du fremd, riechst du fremd, klingst du fremd, bist neu, wiegst eine Tonne, wehst ihr davon, bist ein Tier, reißend und scheu. Du bist mein 76. Sohn. Bald krieg ich keine mehr von eurer Art.

Jede Maulwürfin hat etwas von der schottischen Lady genannt Macbeth, so denk ich immer, wenn ich sehr verzweifelt bin und die Geburt ein Qualvorgang ist, denn es muss der einstige Verkorker mir sein Siegel brechen, damit die Kleinen aus der Grube fahren können. Unsex me here! Will ich jammern, aber meine Schnauze spitzt sich nur zum Pieps, kaum hörbar ist doch mein ganzes Herz darin.

Wenn er nicht kommt, es wär nicht auszudenken, ich würd wohl sterben, jämmerlich am viel zu viel in mir.

Ich nehme also an, die Sache mit uns Maulwürfen ist bekannt, denn sie ist ein Skandal. Wir sind sehr dunkle Frauen, begehrt mit und wegen Fell und Haar, zarter Art und Alabasterhaut.

Nie sahst du die Haut des Maulwurfweibchens, Fucker, nie hast du sie verdient!

Für KKKassel im März 2020

Lyrikradar

Jan Röhnert
Römische Blätter

LUMIÈRE

Die Geschichte dessen, der dem Blau
die kleine weiße Wolke rauben will,
schreibt er nicht mehr auf. Stattdessen

dreht er die Augen nach dem Luftballon,
den der Wind hierher getragen hat
in diesen Park, der eine kurze Geschichte

vom Gras erzählt, all der Gräser
angeweht, Rispen, Stengel, Blätter
lichtgedreht, hielte er jetzt an

sein Blick verschmolzen mit dem Gras.
Stattdessen zieht er weiter, sieht
das Mädchenhaar im Gras, lichtgestreift

aufscheinend, aufgehoben, transparent
(wer will dabei noch an den Titel
seines Streifens denken – die Zeit selber

ist verblasst, aufgeweicht wie Häuser
im Spiegel des Ententeichs ...)
Er hat vergessen, wo er ist, hier

beim Brückenbogen, dem Reiher, chinesischen Gedicht
der Federball wie eine Welt im Kleinen
prallt vom Schläger und entschwebt –

es ist, als ob sie wieder Laufen lernten
mit verlegner Anmut und stolperndem Vergnügen
sie haben sich den Ort nicht ausgesucht

in seinem Auge, wo sie schwimmen
in transparentem Fluss

NACH DÔGEN

Die Meditationen finden nicht im Kursraum statt.
Bei diesem Märzlicht
haben wir sie in den Steingarten der Stadt verlegt.
Es ist nicht zu leugnen, dass
die Stadt ein Steingarten ist,
die Blüten
vielfarbigen Haars tanzen darüber hinweg,
bis sie im Kanal
auf der Schweißnaht der Sonne
zerplatzen wie Seifenschaum.
Du trittst auf Humus
und siehst ins Blau –
ein erfüllter Tag.

Die Grundbedeutung des Auges ist ›klar werden‹,
wie nach einem Regenschauer
oder wenn der Nebel von
der Sternennacht sich hebt.
Im Herbst ist hier die Luft so klar wie grüner Tee,
im Halbschatten gepflückt
unter Seidennetzen,
die dem Zustand der Wildnis am nächsten sind.
Am Fuße des Vulkans
werden die Tonkännchen getöpfert,
in denen du die gerollten Blätter aufbewahrst.

Das kosmische Gefühl war mehr in den Vorgärten des Westens zuhause
als auf den Dächern der Südvorstadt,
es kostete uns ein wenig mehr Erde unterm Schuh
und den Abdruck moosgrüner Rinde auf den Fingerspitzen.

Bei der ersten Tasse erblickten wir die Reisfelder,
bei der zweiten
stiegen wir in den Himmelsfluss,
der sich darüber wölbt.

Der Rest ist Lack auf Kalligrammen,
der den leeren Tau fixiert.

RÖMISCHE BLÄTTER

Als schriebest du den Tag
dreißig Jahre später
wie heute auf, das Licht
schickt seine Kaskaden
in die Blätter, zeichnet
aus dem Flug der Amsel
eine Linie de bonheur –
du wirst nur jener Tage gedenken,
die dir die Blätter schenken,
drei Stare auf dem Gras,
Grün, das sich aus dem Humus rollt,
die Wäsche ein entfachter Teppich
und ein Katzenaug, in dem die Zeit gerinnt:

Wann hast du all dies erlebt?
Ist das die Kritik der Urteilskraft,
aus der Türe gehn, im Westen
Wildnis, im Osten Sendemasten sehn?
Ist das Erhabene in Kirschblüten daheim?
Wie kannst du das Blau von heute
genauso nennen wie das gestrige?
Manche halten sich an die Kolonnen
toter Zahlen, manche an den Wetterbericht,
manche an Post und Lieferwagen,
manche an die Sonne
und sagen nichts.

Mai 2020

Moby-Dick

Moby-Dick – Ein historisch-spekulativer Kommentar

Seit 2006 trifft sich eine Gruppe von Kulturwissenschaftlern jährlich mit dem ehrgeizigen Ziel, jedes der 135 Kapitel von Melvilles *Moby-Dick* zu kommentieren. Dieses Projekt eines »historisch-spekulativen« Gesamtkommentars fragt nach den Gründen für die enorme Bedeutung von *Moby-Dick* für die Selbstbeschreibungen unserer Kultur und nach den Ambiguitäten und der Zerrissenheit des Symbols in Form eines weißen Wals, den es in allen sieben Weltmeeren zu jagen gilt. Die Herausforderung, die der Roman an seine Leser stellt, lässt sich zweifelsohne als anspruchsvoll einordnen. In der kapitelweise vorgehenden Lektüre, die letztlich den gesamten Text erschließen wird, geht es dennoch nicht um disziplinär sauber eingerastete Stellungnahmen von Experten, sondern ebenso um die Demonstration einer experimentellen Lesart wie zuweilen um die Präsentation einer wichtigen Quelle zum Verständnis einzelner Stellen oder einer Figur im Zusammenhang des Romans. Der Kommentar adressiert daher ausdrücklich nicht nur die Fachwissenschaft, sondern alle Leser.

Die nachfolgenden Kommentare beziehen sich allesamt auf zwei Ausgaben: Für das englischsprachige Original wird die von Hershel Parker und Harrison Hayford herausgegebene *Norton Critical Edition* (New York/London, 2. Auflage, 2002) herangezogen. Für die deutsche Übersetzung, sofern nicht explizit eine andere Ausgabe angegeben ist, wird die Neuübersetzung von Matthias Jendis (München 2001) verwendet. Die Seitenangaben der englischen und deutschen Zitate werden in runden Klammern hinter den einzelnen Passagen nachgewiesen. Indirekte Zitate beziehen sich stets auf die deutsche Ausgabe. Die *Neue Rundschau* dokumentiert dieses Projekt mit langem Atem und publiziert in jeder Ausgabe zwei bis vier Kapitelkommentare.

Matthias Bickenbach
Kapitel 43: Hark!

Horchen und Gehorchen

Es ist Nacht auf der *Pequod*. Die Mannschaft füllt schweigend ihr Trinkwasserreservoir auf. Ein Kollektiv bildet eine Kette, in der die Eimer weitergereicht werden, in möglichster Stille, damit Ahab und die Offiziere nicht gestört werden. »Pssst! Hast du das eben gehört?« (324) So beginnt das Kapitel 43. Der Angesprochene aber weist den Sprecher zurück: Er möge doch den Eimer weiterreichen. Das ist die Szenerie des äußerst kurzen Kapitels. Die Handlung ist schnell zusammengefasst und entsprechend wenige Kommentare lassen sich finden. Auf Internetseiten zum Roman werden kaum mehr als dürftige Inhaltsangaben und einige Sachanmerkungen gegeben.[1] Die Zeit der Handlung liegt zwischen Mitternacht und vier Uhr (»Mittelwache«, (324)), die Kette der Mannschaft reicht über Ahabs Kajüte hinweg und dient dazu den »scuttle-butt« (165), das Wasserfass, aufzufüllen. Dieser ist nicht nur kollektives Reservoir für alle, sondern auch ein Ort an Bord, an dem geschwätzt wird und Gerüchte ausgetauscht werden. Das Wort *scuttle-butt* wurde daher geradezu zu einem Synonym für Geschwätz, für *rumor* und *gossip*.[2]

Aber dieser Ort steht nicht im Zentrum des Kapitels. Er ist buchstäblich dezentriert, er bildet das Ende der Wasserleitung oder Kette, eine Quelle, die erst wieder aufgefüllt werden muss, um ihre Funktion für Gespräch und Trank zugleich zu erfüllen. Doch zeichnet das Kapitel 43 zwei Besonderheiten aus, die es zu mehr als nur zu einem belanglosen Nebenschauplatz im Roman machen, der nur auf ein Geräusch hinweist, das als Erinnerung an die Anwesenheit der verborgenen Mannschaft Ahabs um Fedallah dient.

Es ist vielmehr in mehrfacher Hinsicht ein Kapitel über Kommunikation, in dem die Positionen von Sprechern hierarchisch markiert werden und damit eine Ambivalenz von Hören und Gehorchen in Szene gesetzt wird, die der Funktionskette der Mannschaft in gewisser Weise widerspricht. Einer tritt heraus aus der »Kette« (324) der gemeinschaftlichen Arbeit, er unterbricht sie in gewisser Weise, indem er die Stimme erhebt, weshalb sein Kamerad ihn sofort zurechtweist: »Nimm mal lieber die Pütz« (324), also den Eimer. Nicht sprechen, sondern funktionieren – so könnte die erste kleine Lehre aus diesem Kapitel über Hören in der Ambivalenz zwischen Zuhören und Gehorchen lauten. Aus der Kette der buchstäblich gemeinschaftlichen Kommunikation – in der alten Gebrauchsweise des Begriffs, heißt Kommunizieren noch konkret etwas zu übergeben – stört ein Zischen und eine Stimme, die sich auf ein Geräusch bezieht und fordert dazu auf, die Aufmerksamkeit auf etwas anderes zu lenken. Zwei Störungen als Ursprung der Kommunikation im Sinne des Gesprächs oder Diskurses, der hier jedoch gerade nicht in Begriff ist anzufangen: Cabaco will nicht zuhören. Das Geräusch ist sowohl Zeichen für die Anwesenheit der verborgenen Crew im narrativen Kontext des Romans als auch Störung in der Szenerie des Kapitels. Indem das Kapitel diese Störung so betont, inszeniert es gleichsam den Ursprung von Kommunikation aus dem Geräusch und der Störung im Sinne von Michel Serres' *Parasit*. Der Parasit, wörtlich im Französischen, das Geräusch und das Rauschen, wird von Serres nicht nur als (medientechnische) Bedingung der Möglichkeit aller Kommunikation herausgestellt, sondern die Störung lässt eine »Kaskade« entstehen, in der die Hierarchie der Positionen von Hörer und Sprecher, bei Serres auch von Wirt und Gast, eine Kette der Relationen bildet, in der die Positionen wechseln können, zugleich aber ein sozialer Rahmen entsteht.[3] Serres zeigt dies in seiner Analyse einer äsopischen Fabel. Die Landratte ist Gast der Stadtratte, die ihr Wirt ist, während sie Gast oder Parasit des Bauers ist, der als Pächter wiederum Wirt *und* Gast des Landbesitzers ist, da er ihn bezahlt, während dieser seinerseits Steuern zahlt. Jeder ist hier, so stellt Serres heraus, Parasit des anderen. Das Geräusch, das der Pächter macht und Ratten erschreckt, deckt diese Kaskade auf und dient Serres zum Anlass der Entfaltung seiner Kommunikationstheorie, die im Parasiten, im Geräusch oder Rauschen, ihren Ursprung hat.

Die Anwendung auf das Kapitel 43 wäre nur eine lose Assoziation, die sich der Ähnlichkeit der Erwähnung eines Geräuschs verdankt, wenn nicht auch bei Melville implizit eine Hierarchie der Kommunikation inszeniert würde, während die Kette der Mannschaft ihre Gleichheit betont. Die Szene wird erst bedeutsam, wenn man das »Hist! Did you hear that noise, Cabaco?« (165) als Störung der Arbeit der Seemänner versteht. Aus der schweigenden Kette, gleichsam das Rauschen der Szene, treten zwei Signale hervor und damit der konstituierte Signal-Rausch-Abstand, der auch medientechnisch aller Kommunikation zugrunde liegt.[4] Darauf, dass die Sprecher sogleich namentlich identifiziert werden, ist noch zurückzukommen, denn es ist im Kontext des Romans eine seltene Ausnahme, dass Mitglieder der Mannschaft Eigennamen erhalten. Hier geschieht es unvermittelt schon im ersten Satz, einer namens Cabaco wird angesprochen, genauer gesagt mit einem Geräusch angezischt: »Pssst! Hast du das eben gehört, Cabaco?« Doch dieser Empfänger der Nachricht verweigert sie, bleibt eine Antwort schuldigt, er horcht und gehorcht nicht, sondern fordert seinerseits die Einhaltung der schweigenden Arbeit und veralbert die Wahrnehmung des Sprechers, ein Geräusch, das sich »wie ein Husten angehört« (324) habe: »Caramba! Jetzt hör schon auf, Mann! Das sind die drei eingeweichten Zwiebacks, wo du zum Abendessen verputzt hast. Dic drehn sich in dir rum, sonst gar nichts« (324).

Das Geräusch als ein Zeichen auf etwas, das verborgen ist, wird von ihm als Verwechslung von innerer und äußerer Wahrnehmung abgetan. Seine sprachliche Äußerung wird als Umgangssprache markiert und von einem Ausruf spanischer Prägung eingeleitet, der für Erstaunen stehen kann, hier aber eher im Sinne von ›Donnerwetter‹ oder ›Potzblitz‹ schon die Ablehnung des Kommunikationsangebots signalisiert. Die Annahme der Kommunikation, und das heißt ihre Fortsetzung, wird verweigert. Ein Hörer wird zum Sprecher, der einen Hörer sucht, der ihm nicht zuhört. Wer ist Cabaco und wer ist der Sprecher? Die ihnen verliehenen Eigennamen werden sich als geradezu sprechend erweisen.

Kapitel 43 ist zunächst eines der kleinen Neben- oder Übergangskapitel, die zwar die Szenerie an Bord des Walfängers illustrieren, aber keine direkte Funktion für die Handlung haben – weder für Ahabs Rache noch für die Cetologie. Es ist selbst eine Unterbrechung oder Störung im Roman. Diese digressive Struktur irritiert bis heute. Statt eines bündigen Abenteuerromans gibt Melville eine ausufernde Montage von Reflexionen, Einschüben und Geschichten zu lesen. Vielleicht hat er sich den Spaß erlaubt, die Kapitel insgeheim, wie die Mannschaft an Bord, in *Knights and Squires* (Kapitel 26 und 27) zu organisieren oder anders gesagt, den Roman als Wal in Kopf-, Schwanz- und Flossen zu strukturieren. »Soll ich Ihnen eine Flosse des *Wals* schicken […]?« So fragt Melville in einem der Briefe an Nathaniel Hawthorne und verweist darauf, dass der Schwanz noch nicht ganz gar sei.[5] So mag es Master- oder Haupt-Kapitel geben wie Kapitel 36, in dem Ahab die Mannschaft auf die blasphemische Jagd einschwört oder Kapitel 32, die *Cetologie*, die Wale als Fische und in Buchformate einteilt. Lose Fäden sind dazwischen montiert, wie Kapitel 23 mit der Figur Bulkington, von dem nie wieder im Roman die Rede sein wird oder Kapitel 54, das von einer aus der Handlung des Romans ausgelagerten Geschichte um die erfolgreiche Meuterei auf der »Town-Ho« berichtet. Neben einer auffälligen Reihe von Schiffsbegegnungen, lässt sich eine weitere Reihe von Kapiteln der näheren Vorstellung von Nebenfiguren, etwa Tashtego oder Pip, zuordnen sowie die Vertiefung ihrer Gedankenwelten in Reflexionen und Monologen, etwa von Stubb, Starbuck oder von Ahab selbst. Die Mannschaft aber bleibt durchgehend eine anonyme Vielfalt. Zwar werden spät im Roman der Zimmermann (Kapitel 107) und der Schmied (Kapitel 112) hervorgehoben und Manxman wird namentlich genannt, doch die Mannschaft wird insgesamt nur als Menge einer heterogenen Vielfalt der Nationen markiert. In Kapitel 40, das als Chorgesang der Mannschaft szenisch gegeben wird, treten auf: ein »erster Seemann aus Nantucket« (286), dem vier aus Nantucket folgen, ein holländischer, ein französischer, ein isländischer, ein maltesischer und ein sizilianischer Seemann, einer aus Long Island und einer von den Azoren. Ferner ein laskarischer, ein portugiesischer und ein dänischer, ein spanischer, irischer und chilenischer und ein englischer Seemann. Alle tragen, bis auf den alten Manxmann und Pip, keine Namen. Sie sind schlicht ein Kollektiv, das in

Kapitel 36 auch so benannt wird: »und alle« (268). In Kapitel 43 werden sie als »Kette« (324) einer trotz nationaler Diversität reibungslos zusammenarbeitenden Mannschaft vorgestellt, aus der nun zwei Sprecher namentlich hervortreten.

Diese hierarchische Unterscheidung zwischen den Charakteren im Roman, seien sie Haupt- oder Nebenfiguren, und einer vergleichsweise anonymen Mannschaft mag angesichts dessen, dass Ishmael Teil derselben ist, durchaus merkwürdig erscheinen. In einem konventionellen Roman könnte man erwarten, dass Ishmael etwa Freundschaften schließt oder die Mannschaft zumindest in Teilen näher vorgestellt wird. Nicht so in *Moby-Dick* – außer in diesem Kapitel 43. Sein Titel hebt es mit einem besonderen Wort hervor. Denn »Hark« ist nicht nur ein Wort für die Aufforderung zum Hören. Es ist vielmehr eine Anweisung, ein Befehl: Jetzt hör einmal zu. Melville nutzt diesen Doppelsinn gezielt aus und markiert ihn deutlich, indem er diese schon zu Melvilles Zeit veraltete Wortwendung in den Titel setzt. Er verwendet nicht das neutrale to *listen*, sondern den anachronistischen, nachgerade als poetisch markierten Ausdruck, der sich literarisch einem Namen zuschreiben lässt. »Hark« ist ein Shakespeare-Zitat. Denn dass der Ausdruck als poetisch gilt, mag auch auf die Häufigkeit der Verwendung in Shakespeares Dramen zurückzuführen sein. In *Hamlet* taucht es ebenso auf wie in *Macbeth*, dort siebenmal, davon fünfmal mit Ausrufezeichen oder in *King Lear* viermal. »But hark! what noise?« heißt es einmal in *Othello*. Die Liste ließe sich fortsetzen: Siebenmal in *Antonio und Cleopatra*, viermal in *Romeo und Julia*. »Hark, Hark!« heißt es in *Taming of the screw*, wo es achtmal geäußert wird. Es scheint eher in den Historiendramen als in den Komödien Verwendung zu finden, obwohl es auch in den Komödien erscheint, aber nicht in *Viel Lärm um nichts* oder *Verlorene Liebesmüh* und nur einmal in *As You Like It*. Oft wird es von den Königen verwendet, was ihnen, zumal mit Ausrufezeichen, den performativen Status einer Aufforderung verleiht, nicht nur zuzuhören oder hinzuhören, sondern schlicht eine Nachricht oder Information zu empfangen. Es ist diese Aufforderung, die der so angesprochene Cabaco verweigert.

Das Signal des Titelwortes unterbricht also die Kette der Kapitel so wie in ihm die Stille der Arbeit von einer Stimme unterbrochen wird. Zudem ist es zwischen gewichtige Kapitel des Romans eingeschoben. In Kapitel 41 erscheint erstmals Moby Dick ausführlich als Thema und im Titel, und Kapitel 42 handelt vom »Weiß des Wals«, das im Zeichen der Allegorie über den Roman hinaus bekannt geworden ist. Das sind die großen Themen und nach dem Einschub oder der Störung durch das »Hark!« (165) wechselt das anschließende Kapitel 44 zeitlich synchron in Ahabs Kajüte, wo er Seekarten studiert und eine Strömungskarte neuesten Datums nutzt, die ihn die Wege Moby Dicks kalkulieren lässt.[6]

Offensichtlich unterbricht die Nebenhandlung des kurzen Kapitel 43 als Einschub die Kette der Narration der Handlung selbst. Aber das ist exakt auch sein Inhalt: das Unterbrechen einer Kette, die reibungslos funktioniert. Als Bruch der Narration zählt dieser Einschub sicherlich einmal mehr zu den Extravaganzen des Romans und im Modus des Dramas, des szenischen Dialogs, bricht das Kapitel auch den Modus des Erzählens selbst. Dazu gehört auch, dass Ishmael als Teil der Mannschaft zwar anwesend sein dürfte, als Figur hier jedoch abwesend bleibt. Kein Wort darüber, dass er Teil der Kette ist oder das Gespräch gehört habe. Aus der Stille und der Masse der Mannschaft treten zwei Stimmen hervor. Auftritt *Archy* und *Cabaco*. Doch warum diese Eigennamen?

Quelle

Namentlich bezeichnet werden ein Ursprung, eine Quelle des Signals (*arché*) sowie eine alte Transportpraxis von Nachrichten und Postsendungen, denn der Name *Cabaco* geht auf Cavallo, das Pferd und den Reiter, den Caballero zurück. »Pssst! Hast du das eben gehört, Cabaco?« (324) Was Archy hört, verweist auf den verborgenen Teil der Mannschaft, auf Fedallah und seine Parsen, die im Frachtraum versteckt sind. Das Kapitel erinnert also an die Schemen, die Ishmael in Kapitel 21 an Bord hatte huschen sehen oder zu sehen glaubte. Archy aber hat schon zuvor, so sagt er später, aus einem Gespräch zwischen Stubb und Flask aufgeschnappt, dass etwas »in der Luft liegt« (325). Hörensagen oder Gerüchte also über etwas, worüber nur Ahab Bescheid wisse. Dieses Vorwissen oder Gerücht lässt ihn jetzt das Geräusch, das er hört, zuordnen. Es zeigt sich nur als undefinierbares Signal, etwas wie ein Husten oder Wälzen von Körpern und bleibt also, ganz wie in Heinrich von Kleists *Das Bettelweib von Locarno*, unidentifizierbar. Vielleicht auch deshalb antwortet Cabaco nicht darauf. Er hört nicht zu und hört nicht auf die Information, sondern erinnert seinerseits an die Funktion, in die sie eingebunden sind. Dass

Archy recht hat, also dass Fedallah und die geheime Crew dort verborgen sind, wo das Geräusch herkommt, spielt deshalb hier nur eine Nebenrolle. Wenige Kapitel später, in Kapitel 48, werden sie ans Licht treten. Und als man in den Booten auf die ersten Wale zurudert und Flask zu Archy ruft, der auch hier also noch einmal namentlich erscheint, er solle sich von den »gelben Geistern« (356) nicht erschrecken lassen, antwortet er nur, dass er es ja schon gewusst habe, er habe es Cabaco ja gesagt (356). Der Horcher behält also recht, aber daraus folgt nichts.

Das eigentliche Thema des Kapitels 43 scheint daher die Störung der Kommunikation zu sein, die sich als Problem der Hierarchie herausstellt. Archy, der Ursprung, kann die Nachricht nicht kommunizieren, der Posten oder Reiter, Cabaco, verweigert die An- oder Übernahme. Das Kapitel inszeniert eine intrikate Paradoxie: Der, der hört, gehorcht nicht, er unterbricht die Funktionskette, und der, der ihr gehorcht, hört nicht hin und gehorcht seinerseits nicht. Auffällig sind diese Nebengeräusche ebenfalls akustisch in Szene gesetzt. Das phonetisch wiedergegebene Zischen zu Beginn des Kapitels korrespondiert mit dem Geräusch und setzt damit einen deutlichen Kontrast zum vorangehenden Kapitel, in dem die Farbe Weiß das Sehen und dessen Grenzen thematisierte. Konsequent endet Kapitel 43 dann mit einem ebensolchen akustisch und a-semantischen Laut: »Tish!« (166). Zischlaute also geistern durch diesen Text, während die Mannschaft schweigend und so still wie möglich die Kette der Eimer prozessiert. Explizit wird die »tiefe Stille« (324) hervorgehoben. Doch Cabaco hört nicht. Er gehorcht einem anderen Herrn als dem Kameraden Archibald. Aber beide Sprecher erhalten durch ihre Namen eine signifikante Position innerhalb der Kette oder der Gemeinschaft der Mannschaft. Es hebt sie aus der Masse der namenlosen Seeleute heraus und so gewinnen ihre Stimmen gleichsam ein Gesicht und eine Individualität. Warum heißen sie so, wie sie heißen? *Archy* und *Cabaco*?

Ein Cholo namens Cabaco

Cabaco, so heißt es im Text, sei »ein Cholo« (324). Diese Bezeichnung, die heute über den Spitznamen des Fußballtrainers von Atletico Madrid, Diego Simeone, international bekannt wurde, ist bemerkenswert. Wenn man *Wikipedia.org* glauben kann, dann findet sie erstmals in der englischen Literatur in *Moby-Dick* exakt in diesem Kapitel Verwendung.[7] Aber man darf *Wikipedia* vielleicht nicht alles glauben. Was für Literatur im engeren Sinne möglicherweise gelten mag, hatte schon Hubert Bancroft in seiner *History of California* (1841–45 und 46–48) eingeführt, indem er mexikanische Soldaten als *cholos* – und das heißt als Taschendiebe und Räuber – bezeichnet hatte, so die *Encyclopedia of Latino Culture.*[8] Kein Zufall also, dass Cabaco, als Cholo, aufsässig ist und dem Befehl des Herrn Archy nicht folgt. Er ist kein Taschendieb oder Räuber, doch die Bezeichnung *Cholo* ist bei Bancroft bereits eine eher metaphorische Übertragung eines extrem abwertenden Namens. Die Bezeichnung *Cholo* kennt viele Nuancen zwischen südamerikanischen, spanischsprachigen und englischsprachigen Varianten, die auf den Hund verweisen. Sie ist eine Beleidigung und verweist weiter vorwiegend auf das Gemischte, auf den Bastard. Cholos können einerseits städtische Bewohner indigener Abstammung sein, die an ihren indigenen Gebräuchen festhalten oder umgekehrt: indigen aussehende Personen, die ihre Traditionen nicht mehr pflegen (so in Ecuador). Beides verweist auf eine Abweichung vom sozialen Kontext. Insofern darf man sich nicht wundern, dass Melville dies hier Cabaco zuschreibt beziehungsweise ihn dadurch auszeichnet.

Das Wort selbst aber ist noch weit älter als Melville oder Bancroft. Es wird zur Bezeichnung von Mischlingen schon um 1500 von spanischen Konquistadoren eingeführt und wertet diese als Außenseiter noch stärker ab als die indigene Bevölkerung. Cholos sind nicht einfach Mischlinge, sondern sie sind die Mischung von Mischungen. »Das Kind eines Schwarzen mit einer Indianerin oder eines Indianers mit einer Schwarzen nennt man Mulatte oder Mulattin. Deren Kinder nennt man Cholos, ein Wort der Insel Barlovento, das Hund bedeutet, es wird nicht für spanischstämmige Mischlinge, sondern für ›schurkische Kläffer‹ benutzt; die Spanier benutzen das Wort zur üblen Nachrede und Beleidigung.« So steht es bei Garcilaso de le Vega in seinen *Commentarios Reales de los Incas* aus dem Jahre 1590.[9] Garcilaso selbst war ein illegitimer Sohn eines spanischen Konquistadors und einer indigenen Prinzessin,[10] aber damit noch kein Cholo. Erst wenn er als Mestize mit einer Mulattin Kinder gezeugt hätte, dann entstünden Cholos.

Der Name ist also erstens eine starke Beleidung (im Sinne: räudiger Hund) und zweitens eine doppelte soziale Abwertung und Exklusion: Als Mischling von Mischlingen ist der Cholo der Bastard schlechthin am untersten Ende der sozialen Hierarchien. Er ist eine Figur des Ausschlusses. Heutzutage bezeichnen sich Gangs und Gangster mit eigener Kultur und eigenem Kleidungsstil einer Subkultur stolz als Cholos. So mag der Name auch auf einen Fußballtrainer übergehen, der gerne die Regeln des guten Anstands verletzt, sei es, dass er Schiedsrichter bespuckt, zur Gewalt auf den Platz auffordert oder jüngst, am 20.10.2021 dem Trainer der gegnerischen Mannschaft, Jürgen Klopp, den Handschlag verweigert.

Dass Cabaco auf das »Hark!« nicht reagiert, dürfte nun, durch die Namenswahl Melvilles erklärbar sein. Cabaco ist ein *underdog*, der nicht gehorcht. Und gerade er, als sozusagen schwächstes Glied der Kette der sozialen Gemeinschaft, ist derjenige, der sie stärkt, sie nicht unterbricht, sich nicht ablenken lassen will. Doch Melvilles Namenswahl ist damit nicht zu Ende. Der Kontrast wird noch deutlicher, wenn man auf den Namen Archy blickt.

Archy ist, auch in der eher seltenen Schreibweise mit y am Ende, vermutlich ein Schotte oder ein Kanadier mit schottischen Wurzeln. Der Name Archibald ist zur Zeit Melvilles vor allem in *New Scotland*, Nova Scotia im nordöstlichen Kanada, gleich neben New England, in Mode. Er geht auf eine lange Tradition in Schottland zurück, wo er vor allem für Adelige und Landbesitzer gewählt wird, die den Namen des Herrschenden seit dem Mittelalter gerne trugen. In den USA ist er im 19. Jahrhundert ebenfalls allseits beliebt. Denn *Archie* geht auf das althochdeutsche *erchan* zurück, das *vornehm* oder *hervorragend* bedeutet. Das Wort *bald* wiederum heißt *kühn* oder *mutig*. Kurzum, der Name Archy besagt, dass ihm hier implizit symbolisch die Rolle des edlen Herrn gegeben ist, während Cabaco als Cholo die Position des *underdogs* markiert. Chiffriert stellt das Kapitel 43 damit kein Gespräch zwischen gleichen Mannschaftskameraden vor, sondern gleichsam die Positionen von Herr und Hund.

Das Gegenspiel von Horchen und Gehorchen lässt Melville somit in eine symbolische soziale Hierarchie ein, die allerdings in sich wiederum gegenstrebig gefügt ist. Denn der Cholo stärkt die (soziale) Kette, während der Herr Archy sie zu unterbrechen wagt. Vor allem aber hört der Cholo auf den Namen *Cabaco*. Dieser Name aber, er könnte als Parallele zum schottischen Archibald gelesen werden, ist ausgerechnet nicht nur einer der frühesten europäischen Namen, die spanische Kolonialisten nach Südamerika bringen, sondern wiederum ein altehrwürdiger Name. Er stammt aus Kastilien, wo er 1176 erstmals nachgewiesen ist, und verweist auf einen Ritter oder Diener des Königs. Der Name ist eng verbunden mit Caballero und Cavallo, also auch mit Kavallerie.[11] Um 1500 kommen die ersten Spanier dieses Namens nach Südamerika, etwa Juan de Cavallon nach Costa Rica oder Gutierre de Caballos. Der Cholo bei Melville trägt damit einen *occupational name*, der ihn einerseits als camouflierten Spanier und symbolisch als *squire* oder *servant* eines Herrn ausweist, ein Spiel der sozialen Positionierung, das er hier gegenüber dem amerikanisierten Schotten Archibald gerade nicht mitspielt. Die ironische Distanz Cabacos ergibt von dieser impliziten Hierarchie aus gesehen Sinn. Der Cholo, der die soziale Zugehörigkeit zu einer heterogenen Mannschaft stützt, verweigert Anweisungen, so unscheinbar oder beiläufig sie auch scheinen mögen.

Allerdings kann dieser Name auch stille Post spielen. Im portugiesischen Slang (und Portugiesen sind ja an Bord) stehen *cabaços* für Leute, die alles vermasseln und keinen sozialen Sinn haben.[12] Im brasilianischen Slang wiederum kann Cabaço jemanden meinen, der keinen Sex hat und nie haben wird. Im offiziellen Wortgebrauch ist Cabaço im brasilanischen Portugiesisch etwa auch eine Bezeichnung für das Jungfernhäutchen.

Doch wie ambivalent und deutungsoffen das semantische Feld hier auch ist, der Cholo zeigt sich als solidarischer Teil der Gruppe. Mit Blick auf die Theorie sozialer Gruppen kann man formulieren: »Je mehr sich ein einzelner den Zielen der Gruppe insgesamt annähert, umso höher wird der soziale Rang des Einzelnen in der Gruppe sein.«[13] Cabacos Verweigerung des Befehls zu horchen zeigt sich als Akt, der seine soziale Zugehörigkeit stärken soll. Archys haben das nicht nötig. Melville fügt mit diesem Kapitel in den roten Faden seiner Narration einen Verweis auf die implizite Hierarchie in der Mannschaft und jeder Kommunikation ein, in der das unscheinbare Horchen als Gehorchen auf Verweigerung der Kommunikation und Spott trifft, der, zunächst kaum erklärbar, über die Symbolik der Namen jedoch gut nachvollziehbar ist. Dass an Bord der *Pequod* auch ein Cholo vertreten ist, mag demokratisch als Verweis auf alle Gesellschaftsschichten gelesen werden. Doch andererseits trägt diese stark negativ besetzte Bezeichnung für Cabaco einen sozialen Status, der ihm innerhalb der Mannschaft eine merkwürdige Position zuweist, durch die die Störung eines Geräusches nicht zur Quelle der Kommunikation wird, sondern auf deren Rahmenbedingungen verweist: Auch Kommunikation ist nicht frei von Hierarchien und dem Ringen darum, wer das Sagen hat.

1 Vgl. etwa https://www.litcharts.com/lit/moby-dick/chapter-43-hark (zuletzt aufgerufen 21.10.2021).
2 Vgl. https://www.shmoop.com/study-guides/literature/moby-dick/summary/chapter-43-hark (zuletzt aufgerufen 21.10.2021).
3 Michel Serres: *Der Parasit*. Frankfurt am Main 1987.
4 Vgl. Friedrich Kittler: Signal-Rausch-Abstand, in: Hans Ulrich Gumbrecht, K. Ludwig Pfeiffer (Hg.): *Materialitäten der Kommunikation*. Frankfurt am Main 1988, S. 342–359.
5 Herman Melville an Nathaniel Hawthorne, 29.6.1851, in: ders.: *Ein Leben. Briefe und Tagebücher*. Deutsch von Werner Schmidt und Daniel Göske. München 2004, S. 262.
6 Vgl. dazu Markus Krajewski: Kapitel 44: The Chart; oder, Über die prinzipiellen Möglichkeiten, dem Wal die Stirn zu bieten, in: Neue Rundschau 132/2 (2012), S. 50-64. Zum Wal als Objekt der frühen Ozeanographie: Felix Lüttge: *Auf den Spuren des Wals. Geographien des Lebens im 19. Jahrhundert*. Göttingen 2020, hier S. 8 ff.
7 »Cholo as an English-language term dates at least to 1851 when it was used by Herman Melville in his novel Moby-Dick«. Vgl. Art. Cholo, in: Wikipedia.org, unter: https://en.wikipedia.org/wiki/Cholo (zuletzt aufgerufen am 21.10.2021). In Melvilles *Piazza Tales* taucht auch einmal eine weibliche »Chola« in einer Geschichte und ihrem Titel auf.
8 Charles M. Tatum: *Encyclopedia of Latino Culture: From Calaveras to Quinceaneras*. Greenwood 2013, S. 338.
9 Vgl. Inca Garcilaso de la Vega: *Wahrhaftige Kommentare zum Reich der Inka*. Deutsch v. W. Plackmeyer. 2. Aufl. Berlin 1986.
10 Vgl. James Howard Cox, Daniel Heath Justice: *The Oxford Handbook of Indigenous American Literature*. Oxford 2014, S. 505 ff.
11 Vgl. https://www.houseofnames.com/cabaco-family-crest (zuletzt aufgerufen 21.10.2021).
12 Vgl. http://de.urbandictionary.com/define.php?term=Cabaco (zuletzt aufgerufen 21.10.2021).
13 George Caspar Homans: *Theorie der sozialen Gruppe*. Bielefeld 2013, S. 185.

Lars Friedrich
Kapitel 120: The Deck towards the End of the First Night Watch

Strolling Idiots dressing a Ship

Georg Christoph Lichtenberg eröffnet seine ausführlichen Erläuterungen zu den Kupferstichen des englischen Malers William Hogarth mit einem Bild, das mit folgendem Titel versehen ist: *Strolling Actresses Dressing in a Barn* (Herumstreichende Schauspielerinnen, die sich in einer Scheune ankleiden).

William Hogarth: Strolling Actresses Dressing in a Barn *(1738)*

Wenngleich auch für Lichtenberg längst nicht ausgemacht ist, dass es sich ausschließlich um Schauspielerinnen handelt, so zeigt der Stich unzweideutig eine Theatertruppe, die in einer Scheune ein Stück einstudiert und Kostüme anprobiert. Inmitten eines Sammelsuriums unzähliger Gerätschaften, unter denen der Dreschflegel, das Stroh oder die Wäscheleinen eher zum Probenraum, Requisiten wie der Donnerkeil auf dem Koffer oder die Wolkenattrappen unter dem Dach hingegen eher zum Stück zu gehören scheinen, finden sich vorne links zwei achtlos auf einem Bett vergessene Anschlagszettel, die den allgemeinen Kontext der Szene wie den Titel des aufzuführenden Schauspiels verraten. Hogarths Stich entstand anlässlich des sogenannten *Licensing Act* von 1737, welcher insbesondere die Wanderbühnen einer rigiden Zensur unterstellte. Bei dem Stück, das sich die Truppe als mutmaßlich letzte Premiere vor ihrem Berufsverbot ausgesucht hat, handelt es sich um das Lustspiel *The Devil to pay in Heaven*, was Lichtenberg – vorausweisend genug – mit *Des Teufels Lärm im Himmel*[1] übersetzt und in dem mit Juno, Jupiter, Diana, Flora, einer Sirene, Aurora, einem Adler, einem Cupido und zwei Teufeln ein buntes Arsenal antiker Göttinnen und Göttern zu besetzen war. Doch so wie auf dem Bild Alltagsgegenstände und Theaterrequisiten kaum voneinander zu unterscheiden sind, fallen die Schauspielerinnen aus dem Kostüm ihrer mythologischen Figuren heraus und stellen in ihrer Travestie der Geschlechterrollen einen »verkehrten Himmel«[2] dar: Auf der rechten Bildseite lässt sich die rezitierende Schauspielerin der Juno von der Göttin der Nacht die Strümpfe flicken; auf der linken Seite findet sich eine Schauspielerin des Ganymed in Männertracht, der als Göttermundschenk außer Dienst von einer Sirene ein Glas Wein gereicht wird; und in der Bildmitte thront eine Diana, die mit ihrem geöffneten Kleid, den gelösten Gürteln und den entblößten Beinen alles andere als eine Göttin der Keuschheit vorstellt. Hinter ihr ist schließlich der Göttervater Jupiter zu erahnen, der einen Amor die Leiter hochscheucht, um sich um seine Socken zu kümmern, die ausgerechnet an einer Wolkenattrappe zum Trocknen aufgehängt sind. Insbesondere durch den Fokus auf diese Karikatur des Donnergottes, der seine nasse Wäsche am Requisit einer dunklen Regenwolke trocknet, lässt sich an Lichtenbergs akribischer Beschreibung von Hogarths Kupferstich ablesen, wie leicht das Erhabenste ins Lächerlichste umkippen kann.[3]

Besteht der Vorzug von Travestien insbesondere in ihrer Anschlussfähigkeit und damit der Möglichkeit, dem Umschlag des Erhabenen ins

Lächerliche eine neue Volte zu verleihen, so lässt sich Hogarths Szenerie durch Mobilisierung ihrer Requisiten unter Beibehaltung des gleichen Titels umstandslos zum Inhalt eines anderen Schauspiels umfunktionieren. So würde *Des Teufels Lärm im Himmel* im donnernden Grollen schwerer Wolken nachhallen, die hinter dem Ganymed und der Sirene senkrecht abgestellte Meeresattrappe – ein »Mare pacificum im strengsten Verstand«[4] – in der Horizontale eine aufgewühlte See illudieren und das laue Lüftchen, das die Kostüme der Schauspielerinnen wie die Wäscheleinen bewegt,[5] Nachwehen eines gewaltigen Sturms vorstellen, der das Schiff in den japanischen Fanggründen arg in Mitleidenschaft gezogen hat. Und wäre entsprechend auf der Ebene der Figuren die Rolle Jupiters mit Ahab und diejenige des die Wäsche besorgenden Amors mit Starbuck zu besetzen, so käme für die Rolle der halbentblößten Diana – durch ihre klassischen Attribute der Jagd plausibel genug – allein die *Pequod* in Frage, welcher ein Taifun die gesamte Segeltakelage zerfetzt hat. Doch wie zieht man ein Schiff wieder an? Oder wie zieht man es ganz aus? Und was sagt der Umgang mit dem zerrissenen Schiffskleid über die beiden derangierten Konfektionäre aus, von denen der eine seinem Charakter ganz entgegengesetzt sehr freizügig gestimmt ist und sich der andere ungewohnt zugeknöpft gibt? Wider Erwarten liefert das 120. Kapitel auf diese unwahrscheinlichen Fragen eine Antwort.

Das kurze 120. Kapitel mit dem Titel *The Deck towards the End of the First Night Watch* lässt sich zwei Kapitelgruppen beziehungsweise Themenkomplexen des Romans zuordnen. Es gehört, erstens, zu denjenigen Kapiteln, die nicht aus erzählerischer Rede, sondern aus Regieanweisung und Figurenrede bestehen und gehört damit zu den Theatralitätskapiteln. Zweitens gehört es zu denjenigen Kapiteln, welche das Spannungsverhältnis zwischen Ahab und Starbuck in den Vordergrund rücken und das sich hier an der Frage entzündet, wie mit dem sturmversehrten Schiff umzugehen ist. Während Starbuck die beschädigten Segel und Anker einholen möchte, will es Ahab bei notdürftigen Reparaturen belassen und sogar neue Segel setzen lassen, um dem Sturm die Stirn bieten zu können. Trotz dieser hybriden Geste geht es nicht mehr nur wie im vorigen Kapitel darum, Naturphänomene wie die Orkanwinde oder das Elmsfeuer auf die eigene Person zu übertragen und derart mit dem eigenen Vorsatz umstandslos zu identifizieren.[6] »Ich würd es gar erhaben nennen« (774), kommentiert Ahab das Sturmgeschehen und damit ist bezeichnenderweise im Konjunktiv diejenige ästhetische Kategorie aufgerufen, die im 120. Kapitel auf die Probe gestellt, durchdekliniert, aber auch in ihre Schranken gewiesen wird. Sowohl auf inhaltlicher als auch auf formaler Ebene sind die Anleihen an diesem Topos manifest. So gilt das Szenario des sturmumtosten Schiffes bereits in der antiken Poetik als Kardinalbeispiel erhabener Rede,[7] und »der aufregende, scharfe Wechsel von Frage und Antwort« sowie die »Art, mit sich selbst wie mit einem Fremden zu sprechen«, zählt für den griechischen Rhetor Longinus zu den ausgezeichnetsten Mitteln, um mit dem plötzlichen »Aufsteigen der Leidenschaft«[8] einen Effekt erhabener Größe zu evozieren. Insbesondere diese dynamische Kommunikationsstruktur scheint das Kapitel nachbilden und zugleich überschreiten zu wollen. Denn wenngleich der anfängliche Dialog zwischen Kapitän und erstem Offizier fast unmerklich in ein Selbstgespräch Ahabs übergeht und die dramatischen Evokationsmittel rhetorischer *Energeia* durchaus der Tradition verpflichtet sind, so verankern sie diese letztlich nicht in den Steigerungsmöglichkeiten des Erhabenen, sondern dort, wo dieses ins Lächerliche umschlägt.

Diese Umschlagsbewegung kann jedoch nur funktionieren unter der Voraussetzung, dass zunächst nichts auf sie hinzudeuten scheint. »*Ahab steht am Ruder*« (774), heißt es in der initialen Regieanweisung des Kapitels, und Ahab steht hier ungewöhnlicherweise deswegen am Ruder, damit dort niemand anderes stehen kann, um seinen unbeirrbaren Kurs nach Osten zu korrigieren. Starbuck, der Ahabs unheilvollen Plan längst erkannt und im vorigen Kapitel ein weiteres Mal auf eine Kursänderung »Richtung Heimat« (767) gedrängt hat, »*tritt hinzu*« (774), um wenigstens Vorsichtsmaßnahmen zur Sicherung des Schiffes zu treffen: Da das Rack – also die Tauschlinge zur Befestigung der Segeltakelage – sowie die Toppnant – also das zum Masttopp führende Tau – vom Taifun stark beschädigt wurden, schlägt Starbuck vor, die gesamte Großmarsrah, also die obere Segeletage, einzuholen. Ahab befiehlt stattdessen, dass kein einziges Segel gestrichen beziehungsweise gefiert, also eingeholt, sondern alles lediglich mit Laschings belegt, also nur notdürftig verbunden werden soll. Doch damit nicht genug, hält Ahab der zerfetzten Takelage des Schiffes eine weitere Kampfansage entgegen: »Wenn ich Skystengen hätte«, so seine Androhung, »jetzt würd ich sie aufbringen.« (774) Als »Skystengen« beziehungsweise »sky-sail poles« (384) werden diejenigen Maststangen bezeichnet, an denen die höchsten Segel gesetzt werden. Der Rekurs auf das Register des Erhabenen verdankt sich zunächst ganz buchstäblich dem Bestreben, mit den Kräften der Höhe zu rivalisieren.

Was sich derart einmal mehr als Kontroverse zwischen dem besorgten und stets rational kalkulierenden Starbuck und dem aufbrausenden wie egomanischen Ahab ankündigt, antizipiert indessen durch die Nähe zur Ikonographie von Hogarths Theaterszene schon die Wendung ins Komische. Denn der Streit um die sturmversehrte Schiffstakelage erweist sich als eine Investitur- beziehungsweise Ankleidungsszene, in der das Schiff als das halb entblößte Objekt der Begierde firmiert. Auf dieser Bedeutungsebene sagt Starbuck zu Ahab: Käptn, die Tracht der *Pequod* ist vom Sturm derartig zerfetzt, dass sie fast nackt dasteht und wir ihr daher den Rest auch noch ausziehen müssen. Sein Vorschlag lautet daher: Hosen runter! Dem hält Ahab entgegen: Hier wird gar nichts runtergelassen! Vielmehr soll das zerfetzte Kleid notdürftig befestigt, das Korsett nur umso enger geschnürt werden. Ahabs Einwand lautet also eigentlich: das »top-sail yard« (384) runterlassen und damit das Schiff ›top less‹, also ›oben ohne‹ durch die Gegend fahren zu lassen, das gibt es bei mir nicht! Wenn Ankleiderituale symbolpolitisch den Zugang zur Gesellschaft sichern, das Auskleiden hingegen den Verlust sozialer Anerkennung impliziert,[9] so fällt auf, dass entgegen aller Erwartungen Ahab als Advokat gesellschaftlicher Etikette auftritt, während Starbuck den Schwellenbereich des Asozialen besetzt hält. Die Investiturszene des 120. Kapitels zielt also darauf, dass Kapitän und Steuermann mit ihren symbolisch übercodierten Anweisungen ihre Rollen tauschen und derart in Konflikt mit sich selbst geraten: Während Starbucks Striptease-Phantasien seinem Charakter des allen Wagnissen abholden Skeptikers zuwiderlaufen, gerät der auf die Entfesselung von Triebenergien spezialisierte Kapitän durch seine züchtigen Kleiderordnungsbefehle unfreiwillig in die Rolle des zugeknöpften Sittenwächters. Seine Vorwürfe richten sich daher weniger gegen die Vorschläge seines Steuermanns als gegen das Rollenfach, in das er sich durch seine eigenen Anweisungen hineinmanövriert hat: »Los, los, an die Arbeit! – Masten und Schoten! Der hält mich wohl für den buckligen Skipper einer Küstenschmack! Die Großmarsrah streichen! Ha, diese frommen Blüsen!« (774) Der englische Slangausdruck »Gluepots« (384), den die Übersetzung hier mit »Blüsen« wiedergibt, meint wörtlich einen Kessel mit einer klebrigen Masse, in der man stecken bleibt; figürlich bezeichnet es salbungsvolle Geistliche beziehungsweise Skipper, die ihre Mannschaft mit frommen Traktaten traktieren. Dort, wo im Roman das Schiff zum sexuellen Objekt der Begierde avanciert, sieht sich Ahab zum züchtigen Küstenskipper oder verstockten *blue light captain* degradiert. Sein Versuch, die Konnotationen dieser Rolle wieder abzustreifen, gelingt ihm im weiteren aber nur durch die Instrumentalisierung des Lächerlichen, der er sich mit der Nähe seines Investiturbefehls zur Figur eines anstandsbedachten Fregattenkapitäns selbst ausgesetzt hat.

Wenn sich Ahab vom Sturm zum eigenen »Hochlande« emportragen lassen will und mit der Rede von seinem »Skystengenhirn« wie den »Wolkenfetzen« (774) das gesamte Geschehen auf Koordinaten der eigenen Person zu applizieren sucht, so folgt sein Begehren zunächst jener in der Ästhetik des 18. Jahrhunderts etablierten Strategie des Erhabenen, ein Bedrohungsszenario des Selbstverlusts in einen Selbstgewinn umzudeuten. Doch kann die Distanz kritischer Reflexion, die schon Edmund Burke als Bedingung einer solchen Wiederaneignung des Eigenen im Zeichen der Gefahr geltend macht,[10] nicht mehr im Sinne einer Theorie des Erhabenen, sondern nur noch gegen den Topos geltend gemacht werden. Der zentrale, bereits oben anzitierte Passus von Ahabs Selbstgespräch macht diese Konsequenz dadurch, dass *Des Teufels Lärm im Himmel* allzuwörtlich verstanden wird, unmissverständlich deutlich: »Was für ein Brausen und Rauschen da droben! Ich würd es gar erhaben nennen, wenn ich nicht wüßte, daß die Kolik eine lärmende Krankheit ist.«[11] (774) Indem Ahab den Sturm zur Kolik degradiert und derart das Erhabene bereits im Moment seiner Adressierung desavouiert, besteht sein Wissen wesentlich darin, dass die Ridikülisierung der Situation mehr Distanzgewinn verspricht als ihre erhabene Stilisierung. Ohne auf das Schöne als seinen Gegenpol oder die gemischte Empfindung eines *delightful horror*[12] noch zu verweisen, steht mit der komischen (Ver-)Wendung des Erhabenen nicht nur der Wert edler Größe, sondern dessen Ökonomie von Selbstverlust und Selbstgewinn zur Disposition. Der Passus artikuliert daher weniger eine Ästhetisierung des Geschehens als ein kritisches Reflexionsurteil solcher Ästhetisierungsstrategien, so dass die Kontroverse mit Starbuck wie der Kampf gegen die Naturkräfte um eine *Querelle* zwischen antiker Größe und moderner Komik erweitert werden kann. Schon für Longinus ist das Erhabene der Gefahr ausgesetzt, in Schwulst, Bombast oder Scheingröße zu verfallen und zur »leeren Gebärde«[13] zu verkommen, so dass der englische Dichter und Kritiker Alexander Pope sich gar nicht weit von der griechischen Vorlage entfernen brauchte, um dem antiken Stilideal des hohen, edlen und großen Ausdrucks eine moderne Kunst des Niedrigen und Gemeinen entgegenzustellen. In parodistischer Anverwandlung von Longinus' Beweisführung führt Pope in seiner Abhandlung *Peri Bathous, Or the Art of Sinking in Poetry* vor, dass sich auch der niedrige Stil dem Zusammenspiel natürlicher Veranlagungen mit technischen Fertigkeiten verdankt und derart die antike Kunst des Pathos um eine moderne Regelpoetik des *Bathos* zu erweitern ist.[14] Wenn Pope den »Highlanders« des Erhabenen die »lowlands«[15] der niederen Schreibweise gegenüberstellt und die Poesie gegen die neoklassizistischen Adepten auserwählter Genialität als natürlichen Ausfluss des Gehirns bestimmt,[16] so ist damit vorgezeichnet, welchem »Hochlande« Ahab wirklich entgegenstrebt und welche Gedanken seinem »Skystengenhirn« letztendlich entsteigen. Indem er mit der Degradierung erhabener Sturmwolken zu niederen Darmwinden in den Niederungen der gemeinen Ausdrucksweise versinkt, handelt es sich bei dem Passus um eine der wenigen Stellen im Roman, an welcher der Kapitän als Stilkritiker seiner eigenen Megalomanie auftritt. Bevor es zur Katastrophe kommt, avanciert Ahab mit der *Art of Sinking in Poetry* nicht nur zum lächerlichen Meister seines Untergangs; das 120. Kapitel streicht vor allem heraus, dass die Idee des erhabenen Selbstverlusts eine lächerliche ist.

Doch erschöpft sich Ahabs gedanklicher Kurzschluss von Sturm- und Darmwinden nicht in einer Reflexion der Theorie des Erhabenen und ihres modern-humoresken Gegenpols. Als Metakommentar von Ästhetisierungsstrategien führt der Passus vielmehr hinter die Meeres- und Wolkenattrappen von Hogarths Kupferstich auf eine attische Komödie zurück, von der sich auch das Lustspiel *Des Teufels Lärm im Himmel* mutmaßlich hat inspirieren lassen. *Die Wolken* des Aristophanes handeln von dem verschuldeten Strepsiades, der sich von Sokrates in die Kunst der Dialektik und Rhetorik einweisen lassen will, um durch die Kunst juristischer Prozessführung seine Gläubiger um ihr Geld prellen zu können. Doch als erste Lektion muss Strepsiades in der Philosophenklause lernen, dass Zeus und die anderen olympischen Götter gar nicht existieren, sondern stattdessen die erhabenen und majestätischen Wolken als höchste Mächte anzuerkennen sind. Wenn derart Zeus als Ursache ausfällt, so wirft der erstaunte Schüler die Frage auf, wie eigentlich Naturphänomene wie Blitz und Donner zustande kommen. Der Donner, so Sokrates, ist allein aus der Bewegung sich übereinander wälzender Wolken zu erklären, und da Strepsiades den Vorgang immer noch nicht versteht, bemüht Sokrates eine handgreifliche Analogie:

> SOKRATES:
> Ist dir's nie […] passiert, daß dein Magen, mit allerlei Brühen
> überfüllt, dir mit Knurren Molesten gemacht, mit Reißen und Blähn
> und Rumpumpeln?
> STREPSIADES:
> Beim Apollon, gar oft; da rumort es in mir und fährt mir durch die Gedärme.
> So 'ne lumpige Brüh, die vollführt einen Lärm und tut akkurat wie der Donner:
> Erst halblaut nur: bumbum, bumbum, dann vernehmlicher schon: bubububumbum!
> Bis donnernd gerad wie die Wolken zuletzt es herausfährt: bumbubububumbum!
> SOKRATES:
> Drum sieh: wenn dein Bäuchlein, winzig und klein, schon so gewaltig herausfarzt,
> Wie entsetzlich muß erst im erhabenen Raum rumoren das Rollen des Donners?[17]

Das erhabene »Brausen und Rauschen da droben« (774) mit einer lärmenden Darmkolik zu vergleichen, ist also keineswegs eine abseitige Idiosynkrasie, sondern bedient sich der Strategie der aristophanischen Komödie, nebulöse Göttervorstellungen und luftige Hypothesen der Naturwissenschaft auf die Materialität menschlich-allzumenschlicher Körpervorgänge zurückzuführen.

Die »Arzenei« (774), nach der Ahab am Ende des Kapitels verlangt, dient indessen nicht nur der Ergänzung des derb-komischen Bildfelds der Darmkolik, sondern stellt eine letzte Volte gegen die Theorie des Erhabenen dar. Longinus hatte die sprachlichen Mittel als »einen heilenden und reinigenden Balsam« zur Erhebung der Zuhörer wie umgekehrt die erhabenen Affekte und Leidenschaften als »die eigentlichen Linderungsmittel« gegen einen allzu kühnen Wortgebrauch bezeichnet und an zentraler Stelle seiner Abhandlung daraus die Konsequenz gezogen, »daß die Figuren von Natur aus das Erhabene fördern und andererseits von ihm wunderbare Förderung erfahren.«[18] Diese Amplifikationslogik wechselseitiger Steigerung und Selbsterhebung des Erhabenen ist es, gegen welche die »Arzenei« komischer Entzauberung verabreicht und derart auf den Boden der Tatsachen heruntergeholt werden soll. Wenn Ahab irgendwo Ishmaels emphatisches Plädoyer für die »demokratische Würde« (202) und die »Allgegenwart« göttlicher »Gleichheit« (203) repliziert, dann an dieser Stelle, wo er unter Rückgriff auf die uneingeschränkte Redefreiheit und Schmähkultur der attischen Komödie alles Hohe und Große zu erniedrigen sucht, um ihm von Angesicht zu Angesicht unter egalitären Bedingungen gegenübertreten zu können. Was der Erzähler am Ende des 26. Kapitels (zumindest in der deutschen Übersetzung) als »erhabene Würde (*august dignity*)« (202) der Volksherrschaft feiert, firmiert auf der Kehrseite seines Protagonisten als Spott, Hohn und Hass auf alles, was Überlegenheit und Einzigartigkeit prätendiert und sich derart jeder symmetrischen Beziehung zu überheben sucht. Dass sich Ahabs Argwohn zuallererst gegen die Selbstüberhöhung des eigenen ›Skystengenhirns‹ richten muss und derart sich selbst wie das ganze Unternehmen in Misskredit bringt, ist die ironische Volte des Kapitels und ein Nachweis mehr für den gespaltenen Charakter des Kapitäns.

Je nachdem, welches theatrale Auftrittsregime sein Walbein auswählt, gilt es also einen dialogischen von einem monologischen Ahab zu unterscheiden. Während der Kapitän vor seiner Mannschaft alle Register charismatischer Herrschaft zieht, tritt er sich selbst gegenüber als Verächter erhabener Größe auf und derart führt das 120. Kapitel vor, wie auf hoher See mit der attischen Komödie und ihrem »Salz des persönlichen Spottes«[19] die scheinbar abseitigsten Mittel mobilisiert werden, um eine unerbittliche Hetzjagd ihrem Ziel zuzuführen.

1 Georg Christoph Lichtenberg: *Ausführliche Erklärung der Hogarthischen Kupferstiche*, in: ders.: *Schriften und Briefe*, hg. von Wolfgang Promies, Bd. 3, München 1972, S. 657–1060, hier S. 670.

2 Ebd., S. 680.

3 Vgl. Jean Paul: *Vorschule zur Ästhetik*, in: ders.: *Sämtliche Werke*, hg. von Norbert Miller, 1. Abt., Bd. 5, München, Wien 1963, S. 7–514, hier S. 111.

4 Lichtenberg: *Ausführliche Erklärung der Hogarthischen Kupferstiche* (wie Anm. 1), S. 684.

5 Vgl. ebd., S. 686.

6 Vgl. dazu den Kommentar von Matthias Bickenbach: Kapitel 119. The Candles. Die Leser des Elmsfeuers, in: *Neue Rundschau* 124/3 (2013), S. 133–144.

7 Vgl. Homer: *Ilias*, gr./dt., übers. von Hans Rupé, München, Zürich 1989, XV.,

v. 624–628; dazu Longinus: *Vom Erhabenen*, gr./dt., übers. von Otto Schönberger, Stuttgart 1988, Kap. 10, 5.

8 Longinus: *Vom Erhabenen* (wie Anm. 7), Kap. 18, 1.

9 Vgl. Thomas Frank, Albrecht Koschorke, Susanne Lüdemann, Ethel Matala de Mazza (unter Mitwirkung von Andreas Kraß): *Des Kaisers neue Kleider. Über das Imaginäre politischer Herrschaft. Texte, Bilder, Lektüren*, Frankfurt am Main 2002, S. 218.

10 Edmund Burke: *A Philosophical Enquiry into the Origin of our Ideas of the Sublime and Beautiful*, London 1759 [Nachdruck hg. von J. T. Boulton, London 1958], S. 40.

11 Die deutsche Übersetzung von Matthias Jendis greift wesentlich häufiger auf die Semantik des Erhabenen zurück als es der Originaltext zwingend erforderlich macht. So spricht Ahab im 118. Kapitel zur Sonne: »Du Seezeichen, du erhabener, mächtiger Lotse!« (762) Im Original heißt es: »Thou sea-mark! Though high and mighty Pilot« (378). Und im 119. Kapitel ist angesichts der vom Elmsfeuer hell erleuchteten Schiffsmasten als »der erhabenen, dreigezackt flammenden Dreieinigkeit« (771) der Rede während es das Englische bei der Wendung »the lofty tri-pointed trinity of flames« (382) belässt. Doch im 120. Kapitel, wo Ahab den Sturm im Konjunktiv in die Nähe des Erhabenen rückt, wird die Semantik auch im Original explizit aufgerufen: »I would e'en take it for sublime, did I not know that the colic is a noisy malady.« (384) Insofern also die Übersetzung die Semantik des Erhabenen wesentlich häufiger einstreut als es der Originaltext nahelegt, lässt sich an diesem quantifizierenden Befund schon ablesen, dass der Protagonist des Romans nicht so sehr über die für die deutsche Ästhetiktradition so wichtige Ökonomie der Selbsterhöhung durch Aufopferung zu beschreiben ist, sondern eher dem Modell einer restlosen Selbstverausgabung folgt.

12 Vgl. dazu Carsten Zelle: »Schönheit und Erhabenheit. Der Anfang doppelter Ästhetik bei Boileau, Dennis, Bodmer und Breitinger«, in: *Das Erhabene. Zwischen Grenzerfahrung und Größenwahn*, hg. von Christine Pries, Weinheim 1989, S. 55–73, hier S. 66.

13 Manfred Fuhrmann: *Die Dichtungstheorie der Antike. Aristoteles, Horaz, ›Longin‹*, Düsseldorf, Zürich 2003, S. 171.

14 Vgl. Alexander Pope: *Peri Bathous, Or the Art of Sinking in Poetry*, in: ders.: *The Major Works*, ed. Pat Rogers, Oxford 2006, S. 195–239.

15 Ebd., S. 196.

16 Ebd., S. 198.

17 Aristophanes: *Die Wolken*, in: ders.: Sämtliche Komödien, in Neubearbeitung der Übersetzung von Ludwig Seeger, hg. von Hans-Joachim Newiger, München 1976, S. 109–170, hier S. 128 f. (v. 385–491).

18 Longinus: *Vom Erhabenen* (wie Anm. 7), Kap. 16,2; 32,4; 17,1. Zum ambivalenten Status des Heilmittels (*alexipharmakon*) in Longinus' Argumentation vgl. Neil Hertz: »Eine Longinus-Lektüre«, in: ders.: *Das Ende des Weges. Die Psychoanalyse und das Erhabene*, a. d. Amerik. übers. von Isabella König, Frankfurt am Main 2001, S. 9–33, hier S. 24 (Fußn. 7).

19 August Wilhelm Schlegel: *Vorlesungen über dramatische Kunst und Literatur I*, in: ders.: *Kritische Schriften und Briefe*, hg. von Edgar Lohner, Bd. V, Stuttgart, Berlin, Köln, Mainz 1966, S. 137.

Carte Blanche

Michael Lentz

»Es entwickelt sich schon.«

Laudatio auf Rosa von Praunheim: Leipziger Poetikvorlesung 31. Oktober 2021

Rosa von Praunheim, am 25. November 1942 im lettischen Riga geboren, 1953 mit seinen Adoptiveltern aus der DDR nach Frankfurt am Main gekommen, nach Praunheim, einem Stadtteil am Rande von Frankfurt, Praunheim von Praunheim also, und Rosa von »Rosa Winkel«, den die Schwulen im KZ tragen mussten, so Rosa von Praunheim in seinem allein schon wegen der dokumentierten Regionalgeschichte überaus sehenswerten Film *Praunheim Memoires*.

Wer ist Rosa von Praunheim? Viele. Rosa von Praunheim ist Filmemacher und Dichter, Dichter und Filmemacher, Dokumentarist, Chronist, Porträtist, Schriftsteller, Erzähler, Verfasser von Theaterstücken – Chronist auch der Bundesrepublik Deutschland in vielerlei Hinsicht: im Hinblick auf Zeitgeschichte, Regionalgeschichte, Mentalitätsgeschichte, Sexualgeschichte. Ist Letzteres wahrscheinlich hinlänglich bekannt, mag die Ehrenbezeugung »Dichter« vielleicht manchen überraschen, dabei ist Rosa von Praunheim nicht nur einer, sondern möglicherweise auch der fleißigste: »Seit einem Jahr schreibe ich jeden Morgen ein Gedicht. Es geht schnell, ist kurz, und ich habe das Gefühl, etwas Tolles geleistet zu haben«, schreibt er in seinem 2017 erschienenen, überaus lesenswerten Buch *Wie wird man reich und berühmt? Wie dreht man Filme, schreibt Gedichte, malt man Sterne und Schwänze?* Der Dichter Rosa von Praunheim schreibt demzufolge seit mindestens vier Jahren jeden Morgen ein Gedicht – eine Maßnahme, die als Grundvoraussetzung der Aufnahme an hiesige Literaturinstitute eingepflegt werden sollte. Wir werden Kostproben der Gedichte von Rosa von Praunheim hören.

Rosa von Praunheim ist ein Künstler, der sich aussetzt und hinwendet, in über 150 Kurz- und Langfilmen, in über zehn veröffentlichten Büchern und unzähligen Malereien und Zeichnungen. Ihn umfassend zu würdigen, hieße coram publico dieses gesamte Material an Werk zu sichten. An dieser Stelle mögen deshalb acht kurze Schlenker genügen zu sechs Filmen und zwei Gedichten.

Nichts ist spannender als die Wirklichkeit, wissen die Filme von Rosa von Praunheim; sie montieren oder transformieren Wirklichkeitenausschnitte so, dass als ihr ästhetisches Substrat eine kontrastreiche Collage aus Dokumentarischem und/oder Fiktionalem entsteht.

Unvergessen Lotti Huber als Anita Berber in Praunheims Film *Anita. Tänze des Lasters* von 1988. Ein dokumentarischer Spielfilm, eine Schwarz-Weiß-Farbfilm-Montage, die die Ästhetik des expressionistischen Stummfilms nicht nur in der Übernahme von Zwischentiteln adaptiert, sondern auch in der zum Teil grimassierenden Nonverbalistik der Körpersprache. In seinen starken Kontrasten zeigt der Film Glanz und Elend der berühmt-berüchtigten Tänzerin und Schauspielerin Anita Berber (1899–1928) und an ihrer Biographie entlang eines ganzen, im Ersten Weltkrieg in den Schützengräben versinkenden Landes mitsamt seiner kaschierenden Sexualpathologie. Auch hier erweist sich Rosa von Praunheim als großer Porträtist, der seinen Sujets stets engagierte Aktualität abzugewinnen weiß. Das ist das Erstaunliche an seinen Arbeiten, sie setzen keine Patina an, sie berühren mit ihrer Auslotung hochsensibler Bereiche des menschlichen Selbstverständnisses und deren sakrosanter Moralisierung, denen gemeinhin gerne ausgewichen wird, so auch in seinem Film *Männer, Helden, schwule Nazis* von 2005, einem Dokumentarfilm, dessen Gesprächspartner klarmachen, dass Schwulsein an keine Konfession, keine politische Überzeugung und keine sogenannte Weltanschauung gebunden ist, in der Vergangenheit nicht und auch nicht in der Gegenwart.

Die Bettwurst von 1971 hingegen ist ein fiktionaler Spielfilm der grotesken Sonderklasse zwischen Liebes- und Kriminalklamotte, vom sogenannten gutbürgerlichen Setting bis zur Körpermotorik und stimmlichen Artikulation gibt es keinen Parameter im Film, der nicht überzeichnet wäre, vielleicht auch, weil die Darsteller sprechend ihren Text erst finden mussten. Gleichwohl summieren sich gerade diese Überzeichnungen zu einem bestechenden Sittengemälde der Zeit, wie es nur noch Herbert Achternbusch mit seinen Filmen hinbekam. In der Darstellung von Affekten und Pathos adaptiert bereits *Die Bettwurst* körperliche Kompensationspraktiken des Stummfilms, die hier umso schlagender wirken.

Im Dokumentarfilm *Überleben in New York* (1989) erzählen drei deutsche Frauen und ihre Freundinnen, Freunde und Ehemänner und -frauen ihre exemplarischen Lebensgeschichten in New York und beleuchten ihre verschiedenen Motivationen im Hinblick auf diese Stadt, ihre Liebesbeziehungen, Arbeitsverhältnisse, Aufenthaltsschwierigkeiten, Gewalterfahrungen. Kommentarlos werden die Erzählsequenzen gegeneinander geschnitten, die Kamera widmet sich entweder ganz den jeweils Erzählenden oder geht auf Reise durch New York hin zu den Schauplätzen des Erzählten. Das Kontrastverfahren des harten Schnitts nutzte Rosa von Praunheim meisterlich, um die Diversität von Lebensentwürfen und -sehnsüchten im Sinne von Emmanuel Lévinas zu sich selbst kommen zu lassen als die des jeweils anderen und des anderen Denkens. Wahrlich ein Meisterwerk. In der Auswahl der GesprächspartnerInnen erweist sich Rosa von Praunheim in allen seinen Filmen als einfühlsamer Menschenkenner.

Auf der Suche nach Heilern – Ich bin ein Hypochonder aus dem Jahr 2014 ist ein selbstdokumentarischer Konfrontationsfilm, dessen eigentliche Protagonisten unter anderem Schulmedizin, Physiotherapie, Ernährungsberatung, Homöopathie und Geistheilung sind, eine liebevolle Porträtanthologie zwischen Wissenschaft und Esoterik. Jeder interviewten Persönlichkeit, die prototypisch, aber doch ganz individuell für eines dieser Felder steht, begegnet Rosa von Praunheim offen, das heißt ohne voranlaufende oder perspektivierende Wertung, ob HeilpraktikerIn, PhysikerIn, Schamane, GeistheilerIn, Theologe oder PhysiotherapeutIn. Der selbsterklärte Hypochonder Rosa von Praunheim betätigt sich als teilnehmender Feldforscher, der sich den angebotenen Prozeduren aussetzt und hierbei allen Protagonisten einen würdigenden Raum gibt. Ein Satz im Film ist besonders hängengeblieben: »Jeder kann Prophet und Religionsstifter werden«, so der Autor und Journalist Bernd Kramer. Der Film zeichnet ein Gesellschaftspanorama der Gleichzeitigkeit heterogener Verständnis- beziehungsweise Selbstverständnismodelle des Menschen – und vor allem: interessante und überwiegend auch liebenswürdige Menschen, die ihr Ding machen. Inwieweit man sie mitunter auch für gefährliche Scharlatane hält, bleibt den Zuschauern und Zuschauerinnen überlassen, Rosa von Praunheim lässt die Protagonisten selbst sprechen und kommentiert zurückhaltend.

Das Medium Film kann als solches ganz in den Hintergrund rücken, wenn Rosa von Praunheim sich mit der ihm eigenen Empathie einem

Gegenüber zuwendet, dem er allen Raum und alle Sicherheit vorbehaltsloser Selbstentäußerung gibt. Das fünfzehnminütige Porträt des Schriftstellers *Mario Wirz*, entstanden 2013 eineinhalb Monate vor dessen Tod, veröffentlicht 2014, ist einer der berührendsten Dokumentarfilme, die ich kenne. Rosa von Praunheim schafft es, filmisch nicht nur eine Momentaufnahme zu vermitteln, sondern die atmosphärische Summe eines Lebens, ohne dass dieses vor dem Hintergrund des absehbaren Todes detailreich erzählt werden müsste. Der Film *Mario Wirz* ist ein Denkmal, ein voranlaufendes Totengedenken, und leistet, wie so viele andere Filme Rosa von Praunheims auch, somit etwas, das Literatur von alters her als Telos innewohnt: Totenerinnerung.

Gedichte sind für Rosa von Praunheim die Königsdisziplin und zugleich ein Organon der Einfühlung und Einübung in die anderen Künste wie zum Beispiel den Film. In Rosa von Praunheims Gedichtband mit dem merkwürdigen Titel *Mein Armloch*, erschienen 2002 im rührigen Martin Schmitz Verlag, findet sich eine Reihe von Stillleben, die mit wenigen Zeilen in amöner Landschaft eine Psychogeographie des melancholisch-weisen Selbst entwerfen. So wie die hier gezeigten Landschaften das Selbst des schreibenden Beobachters repräsentieren, so repräsentieren und porträtieren die fremdbiographischen Porträts Rosa von Praunheims in der filmischen Aneignung immer auch den Filmemacher selbst.

Hier die beiden Gedichte:

Ich esse einen Bienenstich und
manchmal sogar zwei.
Im Mai, da bin ich nicht mehr einsam.
Ich treffe Dich auf einer schlichten Bank aus Holz.
Du liegst im Sonnenschein halbnackt und schaust mit
ganz
verkniffnen Augen auf meine Hand
und einen großen Diamant.
Dahinter mein Gesicht, ganz alt, ganz kalt und grausam wie der Stein.
Du kannst Dich nicht entscheiden.

Hier das zweite Stillleben, einige Monate später:

Jetzt sitz ich hier auf einer Bank im Abendsonnenschein.
Es ist so ungewöhnlich warm und fast Oktober.
Auf einer Brücke ein paar Tunten aus dem Osten,
10 Männer überall verteilt mit bunten Taschen auf dem Rücken.
Der See mit vielen abgeblühten Rosen und ich in meiner Schönheit
ebenfalls.
Ein Igel läuft behende an meiner rechten Seite.
Ein Mann mit rotem Kopftuch grüßt.
Ich bleibe stumm.

Entschieden haben wir uns, nämlich Rosa von Praunheim aus ganzen Herzen zur 14. Leipziger Poetikvorlesung einzuladen – und stumm bleiben wird er nun sicherlich nicht.

Meine Damen und Herren,
begrüßen Sie mit mir Rosa von Praunheim.

Rosa von Praunheim
Ich bin ein Gedicht

Poetikvorlesung Leipzig, 31. Oktober 2021

1
Begrüßung – ich frage ins Publikum: Wer ist Hetero, bitte die Hand heben?

2
Singe ein französisches Lied.

3
Übersetzung Lied

Es stürmt und drängt die Liebe
Es freut sich tausendmal der Frosch
Und dann die Biene
Doch immerhin
Es surrt in mir, es brennt und feurig steigt der Atem auf
Der mich und Euch verzaubern soll
An diesem schönen Abend

Eine Anmerkung – da wir ja gerade in Leipzig sind, wo man so wunderbar Sächsisch spricht – ich habe auf meinen Reisen um die Welt in den Goethe-Instituten in New York oder Rio de Janeiro immer wieder Damen getroffen, die Englisch oder Französisch oder Russisch mit sächsischem Akzent gesprochen haben.

So wie: »I don't know, but you will find out for yourself« (oder Französisch improvisierend) »jepre vi to aprempi le fren«.

Ich liebe den sächsischen Dialekt, hatte ich doch vor langer Zeit einen Liebhaber aus Dresden, der mich »meine Kirsche« nannte und mit dem ich dann herrlichen Analverkehr ausüben konnte.

Nun, wenn wir gerade bei den analen Freuden sind, die wir Schwule das große Glück haben auszuüben und diese bis ins hohe Alter zu genießen, möchte ich Euch mitteilen:

Mein Poloch brennt, und das schon eine ganze Weile.

Soll ich zu Dr. Loch in der Fasanenstraße gehen? Er ist Proktologe. Kein Scherz, man kann ihn im Internet finden.

Ich liebe Ärzte, da ich Hypochonder bin und deswegen ungern verreise. Schon die weite Reise von Berlin nach Leipzig hat mich beunruhigt, denn hier wüsste ich im Ernstfall nicht, wohin ich mich bei starken Schmerzen wenden sollte.

Um bei meinen Krankheiten zu bleiben. Nachts muss ich fast jede Stunde aufs Klo, da schlafe ich dann weiter, kippe manchmal von der Schüssel. So ist das mit alten Männern, aber ich habe Glück.

Eine besoffene Astrologin rief mich eines Nachts an und sagte mir, dass ich nicht ewig leben werde und sehr wahrscheinlich schon in zwei Jahren, kurz vor meinem 81. Geburtstag sanft verscheiden werde.

Was für ein Glück. Bis dahin kann ich noch meine Miete bezahlen, vielleicht drei neue Filme drehen, 81 Bilder malen, tausend Gedichte schreiben und meinen zweiten Roman vollenden.

Mein erster Roman erscheint im Herbst 2022 pünktlich zu meinem 80. Geburtstag unter dem originellen Titel *Hasenpupsiloch oder Daniel und seine wilden Weiber* und erzählt von einem schwulen jungen Mann aus der Provinz, der in Berlin in einer Wohngemeinschaft mit vier älteren exzentrischen Damen unterkommt und sie schließlich überredet, hinaus in die Welt zu ziehen und die Diktatoren dieser Welt zu töten. Sie hätten ja in ihrem hohen Alter wenig zu verlieren.

Nein, Romane zu schreiben ist sehr anstrengend. Bei der langen Form vergisst man oft die Augenfarbe des Protagonisten und verliert sich zu sehr in vielen Handlungssträngen.

Aber ich lese gern, gebe Unmengen an Geld aus in Buchhandlungen. Gerade habe ich das zauberhafte Buch *Mr. Wilder & ich* von Jonathan Coe gelesen.

Ein anderes Lieblingsbuch von mir ist *Ein wenig Leben* (*A little Life*) von Hanya Yanagihara, einer hawaiianischen lesbischen Autorin. Das Buch ist so schmerzhaft, dass man es kaum aushält, aber das Geheimnis von großer Kunst ist oft der große Schmerz.

Gerade habe ich *Ciryl Avery* gelesen von dem großartigen John

Boyne, den man kennt von seinem Erfolg mit *Der Junge im gestreiften Pyjama*.
Und dann ist da meine Lieblingskrimiautorin. Charlotte Link, habe alle ihre zwanzig Krimis verschlungen. Sie werden als trivial abgetan, aber ich finde, sie beherrscht ihr Handwerk, Spannung und interessante Charaktere. Leider verweigert sie den Kontakt mit mir.

Was für ein Glück, ein Leser zu sein, ein Kunstliebhaber, ein Cineast. Das ist für mich das größte Geschenk meines Lebens, dass ich Kunst genießen kann und darf. Weder Elternhaus, noch Schule regten mich dazu an. Es entstand in mir selbst mit meinen ersten Gedichten, der Begegnung mit expressionistischer Malerei, mit neorealistischen Filmen und mit der Entdeckung der Gedichte von Else Lasker-Schüler.

1970 in London wurde ich zu einem Abendessen eingeladen mit dem Tänzer Nurejew und dem Maler David Hockney, vor dessen Werk ich bis heute auf den Knien rutsche. Übrigens fragte mich Nurejew damals: »Can I use you in my Film?« Und er antwortete: »Can I use you first?«

Ich studierte Anfang der sechziger Jahre Malerei in Berlin und schrieb weiterhin Texte. Dann kam 1967 der erste Film, ein Kurzfilm, mit dem ich erstaunlicherweise Erfolg hatte, und ich machte weiter, immer weiter.

Trotzdem fühle ich mich in erster Linie als Lyriker, schreibe jeden Tag ein oder mehrere Gedichte und als ich von der Ehre erfuhr, hier eine Poetikvorlesung zu halten, war ich der irrigen Meinung, dass ich das dem Umstand zu verdanken habe, ein hervorragender Dichter zu sein.

Das erfüllte mich mit großem Stolz. Endlich würdigt man meine dichterische Genialität.

Endlich stellt man mich in eine Reihe mit Goethe und der ersten großen deutschen Dichterin Louisa Karsch. Wer sie nicht kennt, sollte sie kennenlernen, war sie doch eine beliebte Vortragskünstlerin im 18. Jahrhundert, als die deutsche Sprache gerade begann, kulturell wertvoll zu werden.

Endlich erkennt die literarische Welt – kurz vor meinem Tod – an, was für ein wertvolles Dichterherz in mir schlägt.

Hier gleich eine Kostprobe:

Wo ist die Welt. Wo ist die Liebe
Wo ist mein linker Schuh
Und wo bin ich

Warum bin ich nicht eine Schnecke
Ganz klein versteckt in einer grauen Ecke
Warum nicht eine Hyazinthe
die königlich im Blumentopf von Frau Meyer lebt
Und strenger riecht als sie
Warum bin ich nicht ein Mülleimer
Eine Lampe, ein hohler Berg
Und eine Sonne
All das und noch viel mehr war ich gewesen und jetzt?
Wer bin ich jetzt
Zum Glück habe ich alles vergessen
Und alle anderen auch
Bis auf eine lila Schwalbe
Die mein Bildnis in sich trägt von Ewigkeit zu Ewigkeit

Danke für den Applaus – Großartig, sage ich zu mir selbst.

Ja, es ist wahr, ich stelle mich jeden Nachtmittag um halb zwei auf meinen Balkon in der Konstanzerstraße in Berlin.

Und winke.

Inzwischen versammeln sich immer mehr Bewunderer.

Und starren mich entgeistert an.

Woran denken sie, wenn sie mich sehen?

Was empfinden sie, so einem großartigen Künstler zuzuschauen?

Erwarten sie, dass ich mich vom Balkon auf die Straße stürze?

So wie der Held meines neusten Films, der Schlagersänger Rex Gildo. Mein Dokudrama *Rex Gildo – Der letzte Tanz* kommt nächstes Jahr ins Kino.

Aber wenn ich gerade beim Selbstlob bin, dann muss ich mein Standardwerk erwähnen, mein vorletztes Buch, ein praktischer Ratgeber zur Kreativität, der unter dem Titel *Wie wird man reich und berühmt?* im Martin Schmitz Verlag erschienen ist.

Darin habe ich meine Erfahrungen als Professor für Filmregie an der Filmuniversität Potsdam Babelsberg mitgeteilt.

»Wie überwinde ich meinen inneren Schweinehund, höre auf zu träumen und zu denken und nehme einfach einen Stift zur Hand, eine Kamera oder einen Pinsel und habe den Mut, völlig sinnlos drauflos zu zeichnen, filmen oder malen. Bald wird das Sinnlose zur Qualität und zu einem gewaltigen Werk. Alle Wünsche werden wahr, man darf sich nur nicht die falschen aussuchen.«

Meine Studenten habe ich gerne in Hypnose unterrichtet. Wir waren gerade tief unter Wasser, haben die Schätze eines großen alten Schiffes plündern wollen, als ich merkte, dass ich mich dabei selbst mithypnotisiert hatte. Was aus meinen Studenten geworden ist, weiß ich nicht mehr, nur konnte ich mich in letzter Minute wie durch ein Wunder retten.

Undisziplinierte Studenten steckte ich einfach in den Knast. In Neustrelitz hatte ich die Gelegenheit ein altes Gefängnis zu mieten und platzierte meine Schüler in Einzelzellen, ohne Computer und Handy, nur mit einer Kamera, später engagierte ich jeweils einen Schauspieler oder eine Schauspielerin, die die Zelle mit ihnen teilten.

Erstaunlich war, dass nach zehn Tagen keiner mehr aus dem Knast wollte, alle waren so begeistert von ihrer eigenen großen Phantasie, und es entstanden tolle Filme.

Kommen wir zurück zur Lyrik, der höchsten Form der Kunst. Alles ist Lyrik: der Krebs, der Gehirntumor, die Arthrose und der unselige Kopfschmerz. Am lyrischsten sind natürlich der Tod und die Liebe. Der Verlust eines engen Freundes, der Eltern, die Eifersucht und die unglückliche Liebe.

Der Schmerz ist der größte Antrieb der Kunst.

Das Glück ist für den Kreativen langweilig und unproduktiv. Das Schlimmste für den Künstler ist es, dass er glücklich und zufrieden ist.

Zwei Stunden Glück in einem Film oder 400 Seiten Glück in einem Roman sind der Killer.

Kreativität braucht Konflikt, je schlimmer, umso besser. Unser Protagonist muss sich immer tiefer in die Scheiße reiten, nur ganz zum Schluss darf sich sein Schicksal zum Guten wenden.

Hier ein lyrisches Beispiel: (hier kann ich rappen)
Warum dürfen Menschen über 70 leben
Warum werden nicht alle radikalen Muslime vergiftet
Warum werden nicht alle Schwulenhasser kastriert
Warum werden nicht alle Neonazis im eigenen Sumpf versenkt
Warum werden nicht alle Kriegstreiber zu Wurst verarbeitet

Eine zu einfache Lösung, denn worüber würden dann die Dichter noch dichten können, die Filmemacher Filme drehen.

Der Poet braucht das Unglück. Die Poetin den Wahnsinn.

Und unsere Kinder unheilbare Krankheiten. Darin besteht der Sinn der Kunst. Um uns zu erregen, zu bewegen.

Und uns dann beim Klang der Trommel von der Klippe zu stürzen.

Danke für den unerhörten Applaus. Am liebsten würde ich vor Begeisterung jetzt vor Ihnen Selbstmord begehen, was für ein schönes Spektakel in dieser Poetikvorlesung. Der Tod als künstlerischer Höhepunkt wie in vielen großen Opernarien, aber ich muss noch zwei Jahre durchhalten, nach der Voraussagung meiner besoffenen Astrologin.

Ein anderes Gedicht:

Hervorragend war der Mut der Mütter
Sie trieben ihre Kinder ins Meer
Schauten ihnen nach mit großen goldenen Augen
Und wussten, dass sie keine Zukunft haben
Dass die Hitze die Welt verbrennen wird
Dass Stürme unsere Köpfe abreißen
Dass uns Reichtum, Wissen und Klugheit unsichtbar macht
Und keine Träne je an uns erinnern wird.

Wissen Sie, was ich an diesem meinem Gedicht so schrecklich finde, ist das Negative, das Pessimistische, habe ich doch in allen meinen Filmen Menschen gezeigt, die trotz allem Unglück mutig in die Zukunft schauen. Angefangen von meiner Tante Luzi aus meinem Film von 1970 *Die Bettwurst*.

Tante Luzi arbeitete als Sekretärin in Kiel in der Pathologie und war trotzdem von einer unnatürlichen Lebenslust. Ihr Lieblingsmotto war: »Was gehen mich die anderen an, Hauptsache ich bin glücklich.« Dieser Kultfilm wird übrigens nächstes Jahr im September 2022 in Berlin in der Bar jeder Vernunft unter meiner Regie als Musical uraufgeführt werden. Die Dresdnerin Anna Mateur wird die Hauptrolle spielen.

Eine andere Kultfigur meiner Filme war die Schauspielerin und Tänzerin Lotti Huber, mit der ich fünf Filme machen durfte. Von 1981 *Unsere Leichen leben noch* bis 1991 mit *Affengeil*.

Trotz KZ und Emigration in Palästina und Zypern strahlte Lotti Huber unsäglichen Optimismus aus.

Ihr Wahlspruch: »Beklagen kannst du dich, wenn du tot bist, jetzt aber liebe das Leben.« Damit machte sie vielen jungen Leuten und besonders auch mir Mut zum Leben.

In meinen Filmen habe ich immer wieder Protagonisten, die trotz aller Schicksalsschläge dem Leben positiv zugewandt sind, und das wurde zu einem wichtigen Thema in meinen Filmen.

Das war auch ein Grund, warum ich den Filmemacher Fassbinder nicht mochte, obwohl er mich in meiner Jugend geil fand und mir eines seiner ersten Theaterstücke widmete.

Fassbinders Wahlspruch war: »Die Welt ist scheiße« und seine Filmhelden mussten sich oft vor Verzweiflung aufhängen.

Interessant ist, dass ich, als ich jung war, viel über den Tod nachdachte. Ich malte gerne erhängte und erstochene Könige und feierte schon mit zwanzig mit rabenschwarzen Bildern meine Beerdigung. Je älter ich werde, umso fröhlicher werden meine Zeichnungen. Sie sind voller lustiger Tiere und bunten Penissen.

Jetzt wo sich mein tragisches Ende nähert, ist mein Unbewusstes voller Humor, Herzenswärme und Fröhlichkeit.

Hier ein Beispiel:

Trotz Winter und Wut
Lache ich in meinen Unterleib
Und lasse meine Hoden schmunzeln
Ich pupse laut in die Welt hinaus
Und alle die in meiner Nähe sind
Werden gesegnet von meinen reichen Düften
Und angeregt zu lieben.

Dieses Gedicht ist geeignet, in Schulkassen vorgelesen zu werden. Kinder verstehen so etwas. Sie lieben Pupse und Rülpse und lachen sich dabei zu Tode.

Wenn Kinder sich zu Tode lachen
Dann kommt ein starker Wind
Und hebt sie hoch in laue Lüfte
Dort singen sie und tanzen

Und regnen ihre Flüssigkeiten
Auf die trauernden Eltern

Meine Kunst war immer eine Mischung aus krank und komisch, ernst und heiter und auch immer absurd. In meiner Jugend war ich begeistert von den Dramen von Eugène Ionescu und vor allem von der schwulen Poesie eines Jean Genet, Jean Cocteau, Tennessee Williams und Federico García Lorca.

Meinen verehrten Schriftsteller William Seward Burroughs durfte ich in New York interviewen und eine sexuelle Affäre hatte ich mit Jean Genet in Paris.

Es war in einem kleinen Hotel. Ich war jung und geil und er alt und kahl und passiv. Tennessee Williams begegnete ich kurz vor seinem Tod in Key West in Florida. Er war in Begleitung und als ich an ihm vorbeiging, drehte er sich nach mir um. Leider traute ich mich nicht ihn anzusprechen. Ich hätte ihn gern zu meiner Filmvorführung meines skandalösen Schwulenfilms von 1971 eingeladen, der dort gerade gezeigt wurde und der meinen Weltruhm begründete und jetzt fünfzig Jahre danach immer noch Furore macht.

Elvis Presley sah ich im Konzert in Santa Monica, Los Angeles, und ich vermute immer noch, dass er heimlich schwul war. Jedenfalls onanierte ich gerne zu seinen Starpostern, wo er dick geschminkt zu sehen war. Marlene Dietrich sah ich in zwei Konzerten hintereinander 1972 im Queen's Theatre in London. Als sie in Berlin beerdigt wurde, bin ich ein paar Jahre später nachts an ihr Grab gegangen und habe einen Fingerknochen von ihr mit nach Hause genommen.

Ich selbst will ausgestopft werden und im Berliner Filmmuseum ausgestellt werden mit einem Fernseher im Bauch, damit die Schulkinder meine Filme sehen können.

Am 1. August 2016 schrieb ich dieses Gedicht:

An einem Tag lächelt die Rose
An einem anderen welken die Lilien
Dann stirbt eine Taube
Vor unserem Haus
Und wir kaufen schöne Sachen ein

Wenn wir dieses Gedicht analysieren wollen, beziehungsweise nach neuesten wissenschaftlichen Erkenntnissen betrachten, dann fällt uns auf, dass Rosen ja nicht lächeln können, dass das es eine poetische Illusion, eine Projektion ist.

Am nächsten Tag schrieb ich folgendes Gedicht:

Immer gehe ich zu derselben Frau
Sage guten Tag
Und spucke sie an
Sie spuckt zurück
Und wir gehen froh auseinander

Was sagt uns das?

Das Anspucken ist ja zum ersten eine Beleidigung, eine Missachtung, eine Erniedrigung, die sich hier umwandelt zu einer positiven Handlung. Steckt dahinter eine sexuelle Befriedigung oder ist es ganz einfach ein Trick, den beschwerlichen Alltag besser zu bewältigen.

Am 25.4.2017 schrieb ich folgendes Gedicht:

Wenn eine Rose welkt
Dann tut sie es nicht freiwillig
Sie wehrt sich und weint
Und strampelt mit den Blütenblättern
Aber wie ein Wunder kommt eine Stimme vom Himmel
Die sagt: Du hast eine Zukunft
Ich weiß nur nicht welche.

Was kann eine sterbende Rose für eine Zukunft haben?

Was kann eine sterbende Rosa für eine Zukunft haben?

Ich bin bekennender Allesgläubiger.

Alle Religionen haben etwas Faszinierendes. Am liebsten ist mir der Hinduismus mit seinem dreißig Millionen bunten Göttern, die Herzen zerschmettern und sie dann wieder zusammenkleben können.

Die Buddhisten haben dreißig kalte und heiße Höllen, aus denen man durch Wiedergburt herauskommt. In der jüdischen Religion ist man oder frau nur ein Jahr in der Hölle, während man in der katholischen Hölle für immer schmoren muss, deshalb bin ich überzeugt, dass alle Katholiken in die Hölle kommen.

Am 15.1.2017 schrieb ich:

Ein dicker Schwanz
Hat den Nachteil
Dass er stecken bleibt
Und ein dünner Schwanz
Den Vorteil
Dass man ihn nicht bemerkt
Und
Wenn ich ihn reinstecke
Fragt sich wo rein
In eine Muschel
Eine Zitrone oder eine Prinzessin
Und ein Anus dachte nach über das Leben
Und kam zu dem Schluss
Jeder Ausgang
Hat einen Eingang

Das Thema Sexualität hat mich in den fünfziger Jahren als streng katholisch erzogenen Jugendlichen stark geprägt. Onanieren galt damals als Grund für Rückenschmerzen und Homosexualität führe direkt in die Hölle.

Die Priester waren streng und autoritär und fickten heimlich ihre Messdiener, zu denen ich nicht gehörte, aber erst ein Fähnleinführer der Organisation Neues Deutschland, bei denen ich an einem Zeltlager teilnahm, zeigte mir seinen großen, steifen Schwanz.

Als ich in den sechziger Jahren in Berlin Malerei studierte, wollte mich ein Mitbewohner anzeigen, weil er mitbekam, dass ich schwul bin. Hätte er das getan, hätte ich verurteilt werden müssen, sowie über 70 000 Schwule in der Zeit von 1949 bis 1969, wo der Naziparagraph 175 noch angewandt wurde.

Warum wurde ausgerechnet ich zum Rebell für schwule Rechte?

Ich litt in den sechziger Jahren als junger schwuler Mann darunter, dass meine Liebhaber so verklemmt waren, dass man sich nur heimlich in Klingelbars treffen konnte, und ich litt unter der ungeheuren Spießigkeit, den zutiefst konservativen bürgerlichen Schwulen. Das Leben war voller Heimlichkeit und Angst. Es war schwierig für die meisten, sich zu einem Mann zu bekennen. Sex musste schnell gehen, in Pissoirs oder nachts in Parks, wo auch immer die Gefahr bestand, zusammengeschlagen zu werden.

Ich war wild und radikal und suchte nach Gleichgesinnten, die ich nicht fand. So blieb ich mit meiner Wut alleine, und als 1969 der Paragraph 175 reformiert wurde zugunsten von Schwulen, hatte ich die Gelegenheit all meinen Frust in meinen Film *Nicht der Homosexuelle ist pervers, sondern die Situation, in der er lebt* hineinzupacken. Ich beschimpfte meine schwulen Mitbürger als feige und unpolitisch und forderte sie auf, sich öffentlich zu bekennen, am Arbeitsplatz, im Elternhaus und in ihrer Wohnsituation. Sie sollten raus aus den Toiletten und rein in die Straßen. Das war der Schlusssatz meines Films, der im Juni 1971 bei den Filmfestspielen in Berlin einen großen Skandal verursachte.

Natürlich wurde ich von vielen Schwulen beschimpft und auch tätlich angegriffen, aber es gab eine Minderheit von meist studentischen Schwulen, die mich unterstützen, und so entstanden die ersten schwulen Organisationen. Das Fernsehen, das den Film im Ersten Programm ausstrahlen wollte, verbannte ihn vom Bildschirm. Erst nach einem positiven Presseecho zeigte 1973 das Erste Programm den Film spät nachts mit einer Live-Diskussion. Es wurde ein Straßenfeger. Dazwischen konnte ich den Film groß im Kino vor überfüllten Sälen und erhitzten Diskussionen zeigen, und immer mehr Schwulengruppen formierten sich neu.

Interessant war auch die Form meines Films. Ich hatte zuerst ein harmloses Drehbuch geschrieben: Ein junger Mann aus der Provinz kommt in die Großstadt Berlin und erlebt dort das schwule Leben.

Wie schon in meinen drei Kurzfilmen davor hatte ich den Film stumm gedreht und erst nach dem Schnitt einen erzählenden Kommentar über die Bilder gelegt. Das war in diesem Fall ein Trick, denn die Produzenten der Bavaria konnte nicht ahnen, was für ein provozierendes Potenzial mein Kommentar haben würde.

Zur gleichen Zeit, 1970, entstand auch mein Film *Die Bettwurst.* Diesmal drehte ich mit Ton und ließ meine Tante Luzi und einem Stricher aus Berlin aufeinander los. Ich orientierte mich an ihrer skurrilen Wirklichkeit und legte ihnen ihre eigenen Worte in den Mund. Es wurde eine Parodie auf kleinbürgerliches Leben und war total neu, weil ich mit Laien arbeitete und ihre Naivität feierte. Die Vorwürfe mancher Kritiker, ich hätte sie ausgenutzt, wies ich von mir, denn beide Darsteller waren sehr selbstbewusst und liebten sich so wie sie waren. Zu Recht wurden sie als Superstars gefeiert.

Beide Filme wurden zu Kultfilmen und werden bis heute immer wieder gespielt.

Wie kommt es, dass ich zum Revoluzzer wurde, eine ganz neue Art von Filmen machte und mich nicht an konventionelle Erzählstrukturen hielt? Vielleicht die Tatsache, dass ich von Filmschulen abgelehnt wurde, dass ich mich selbst erfand.

Vielleicht spielt dabei auch unbewusst die Tatsache mit, was ich damals noch nicht im Traum ahnen konnte, dass ich im Staatsgefängnis von Riga zur Welt kam, einen der brutalsten Knäste im Osten.

Erst im Jahre 2000 erzählte mir meine damals 94-jährige Mutter, dass ich nicht ihr Sohn sei und sie mich am Ende des Krieges in Riga, Lettland, währen der deutschen Besatzung in einem Krankenhaus, in dem sie arbeitete, als Waisenkind kennenlernte und bei Kriegsende illegal nach Berlin mitnahm und mich so rettete.

Nach ihrem Tod fing ich an zu recherchieren und fand in den Archiven in Riga einen Antrag meiner Pflegeeltern auf gebrauchte Windeln für das Pflegekind Holger Radtke. Über Umwege fand ich heraus, dass meine biologische Mutter aus Pommern stammte, sich während des Krieges als Sekretärin nach Riga verpflichtete und dort eventuell wegen Schwarzmarktvergehen ins Gefängnis kam. Genauere Gerichtsakten gingen verloren.

Über einen Heimatverband von Ehemaligen aus Pommern suchte ich nach dem Namen Radtke und kam schließlich in Kontakt mit der schon leicht dementen Schwester meiner Mutter und ihrem Sohn, meinem Cousin, der noch drei Fotos meiner leiblichen Mutter besaß. Ich erfuhr, dass meine Mutter ein Jahr nach dem Krieg in einer Berliner Psychiatrie landete und dort ermordet wurde von denselben Ärzten, die während des Krieges für die Euthanasie an vielen Tausenden psychisch Kranken verantwortlich waren.

Ich fand nur noch ein Massengrab, und nahm mir zur Erinnerung ein Kleeblatt mit, das ich auf meinen Balkon pflanzte.

Diese Recherche wurde 2007 mein bewegendster Film mit dem Titel *Meine Mütter.*

Er ist einer von inzwischen 150 Filmen, die ich gemacht habe, und über zehn veröffentlichten Büchern und unzähligen Malereien und Zeichnungen.

Die meisten meiner Filme sind angeregt durch die Wirklichkeit. Die Spielfilme beruhen meist auf Biographien von Lebenden oder Toten.

Viele meiner Filme sind Improvisationen mit meinen originellen Darstellern. Ich hatte Schwierigkeiten mit professionellen Schauspielern, die mir zu künstlich waren und mir verdorben schienen von Schauspielschulen. Mir fehlten oft ihre Phantasie und ihre Persönlichkeit. Sie waren nicht mehr authentisch. Erst in den letzten Jahren änderte ich meine Meinung und habe inzwischen großen Respekt vor guten Schauspielern und ihrem Handwerk.

Nachdem ich mit meinen ersten Filmen sehr bekannt wurde, mich teilweise im filmischen Olymp sah, hatte ich Mitte der siebziger Jahre mehrere filmische Misserfolge. Es schien, als wäre meine Karriere so plötzlich zu Ende wie sie angefangen hätte.

Ich entschloss mich Mitte der siebziger Jahre zu einem Neuanfang in den USA, und zwar mit Dokumentarfilmen über die lebendige Kunstszene in New York.

Ich lernte die ungewöhnliche Sängerin Tally Brown kennen, mit der ich einen zweistündigen Film über sie und ihre Undergroundfreunde machte. *Tally Brown, New York* war mein Comeback. 1978 bekam ich dafür den Bundesfilmpreis und damit Geld für neue Filme.

Armee der Liebenden, ein Film über die Schwulenbewegung in den USA, wurde ein Erfolg an der Kinokasse.

Dagegen wurde mein Film von 1979 *Todesmagazin oder: Wie werde ich ein Blumentopf?* wieder ein Skandal. Der Film dokumentierte ungewöhnliche Todesrituale, wurde vom Fernsehen verboten und bis heute nicht ausgestrahlt.

Meine Zeit in Amerika war eine meiner spannendsten Zeiten. 1971 drehte ich zum ersten Mal in New York, eine Station meines Weltreisefilms *Leidenschaften.* Zusammen mit der Kamerafrau Elfi Mikesch und ihrem Mann Fritz drehten wir in zehn Städten in Amerika und Asien einen experimentellen Film.

Als wir in Kalkutta ankamen, begann der Krieg zwischen Pakistan und

Indien und als wir in einer armen Vorstadt drehten, schrie jemand Spion und man drängte uns in eine Hütte und drohte uns zu steinigen.

Ich musste lachen, denn ich fand die Idee, in Kalkutta zu sterben, wunderbar. Leider rettete uns unser Assistent, der die Polizei gerufen hatte.

1980 war ich wieder ganz nach Berlin zurückgezogen, nahm mir eine große Wohnung, in der ich heute noch lebe.

Damals bekam ich sehr viel Geld für einen Film mit dem Titel *Rote Liebe*, der in der Russischen Revolution spielte, die Geschichte einer jungen Arbeiterin und eines Anarchisten. Ich träumte von Hollywood, versuchte Jane Fonda für die Hauptrolle zu bekommen und traf im Beverly Hills Hotel in Hollywood auf ihren Agenten, der mir erklärte, dass Frau Fonda nicht mit Unbekannten dreht. Dann wollte ich die Punklady Nina Hagen, mit der ich mich bald zerstritt.

Ich drehte den Film mit unbekannten Darstellern, und bei den ersten Vorführungen deutete sich ein großer Flop an. Erst als ich eine ältere Frau kennenlernte, die täglich an der Berliner Gedächtniskirche mit ihren Sexparolen Aufsehen erregte wie »Ficken für den Frieden« und mit selbstbemalten Kleidern voller Penisse und Mösen auftrat, bekam ich die Idee, sie in den Film dokumentarisch einzubeziehen. Sie wurde der Gegenpart zu der russischen Aufklärerin Alexandra Kollontai in meinem historischen Film. Der Film wurde nach einer langen quälenden Odyssee ein Erfolg. Helga Goetze schrieb auch Weihnachtslieder in Ficklieder um wie »O Tannenbaum, wie grün sind deine Blätter. Du fickst nicht nur zur Sommerzeit …«

Die achtziger Jahre waren bald die Zeiten von Aids, in denen ich mich sehr engagierte. 1981 gab es die erste Zeitungsnachricht in der *New York Times*, die über eine rätselhafte Krankheit berichtete, die hauptsächlich schwule Männer betraf. 1983 gab es die ersten großen Titelgeschichten auch in Deutschland im Spiegel und Stern.

Als Schwuler, der die Schwulenbewegung mit angeregt hatte, fühlte ich mich sofort verpflichtet, an der Aufklärung zu Aids beizutragen. Ich wurde hysterisch. Damals wussten wir noch nicht, wie sich die Krankheit überträgt. 1985 machte ich einen Workshop zu dem Thema mit einigen Schauspielern. Daraus entstand mein Film *Ein Virus kennt keine Moral* ganz bewusst eine Komödie, um Schwulen die Angst zu nehmen, sie aber gleichzeitig aufzuklären über Safer Sex, das heißt, dafür zu werben, nur mit Kondom Sex zu haben, was den Schwulen damals sehr schwerfiel.

Gleichzeitig veranstaltete ich ein großes Benefiz mit über fünfzig prominenten Stars im Berliner Tempodrom, um die Aids-Hilfe zu unterstützen.
Aus New York hörte ich schreckliche Nachrichten. Freunde von mir waren krank geworden und die Ersten starben.
Ich sammelte Geld für zwei Filme über Aids in New York.
Ich dokumentierte den Überlebenskampf der Schwulen während der Aids-Epidemie in den USA. *Positive* und *Silence = Death* entstanden. Das waren die schwierigsten Dreharbeiten meines Lebens. So viele Freunde starben an dieser Scheißkrankheit.
Jetzt mache ich einen Sprung.

Mit meiner Kunst habe ich nie viel Geld verdient, konnte mir nichts zurücklegen, so dass ich oft an der Armutsgrenze gelebt habe und auch jetzt lebe ich von einem Film zu anderen. Oft sind es Low-Budget-Filme, manchmal auch No-Budget-Filme, die mit der Kindness of Strangers entstehen, so wie mein vorletzter Film.

Die Nachtigall – Der Grausame Sohn, der gerade auf dem Festival in Hof uraufgeführt wurde. Es ist eine Mutter-Sohn-Geschichte, gedreht in der Coronazeit, meist in meinem Wohnzimmer. Ich habe die Idee aus einer New Yorker Zeitung bekommen, wo ein Sohn seine Mutter über ein Jahr gefangen hielt, um sich an ihr für seine grausame Kindheit zu rächen. Die Mutter wird gespielt von der Astrologin, die mir meinen Tod in zwei Jahren vorausgesagt hat. Die Dialoge wieder improvisiert.

Filmemachen, Gedichteschreiben, Malen und Zeichnen ist für mich wie Eierlegen. Es sprudelt nur so aus mir raus, und heute kann jeder mit dem Handy selbst Filme drehen und auch schneiden, ohne Geld.

Was Mann oder Frau braucht, sind Phantasie und der Wille zur Kunst. Mein Lieblingsschüler, der Filmemacher Axel Ranisch, machte während seines Studiums bei mir jedes Wochenende einen Film, oft mit ganz einfachen Mitteln. Ein Beispiel: Ein junger Mann besucht eine junge Frau, mit der er Liebe machen möchte. Die Kamera wird jeweils von einem der Schauspieler auf den anderen gehalten, die ihre Dialoge improvisieren.

Bevor es zum Liebesakt kommt, legt die junge Frau eine DVD ein, auf der nackte Babys um die Wette schwimmen.

In meinen Seminaren bat ich die Studenten, an einem Donnerstag eine Filmidee vorzutragen, am Freitag suchten sie sich die Schauspieler und den

Drehort aus, am Sonnabend wurde gedreht, und am Sonntagabend führten sie den geschnitten fertige Film vor. In der gewünschten Geschwindigkeit entstanden tolle emotionale Filme.

Natürlich sind das keine kommerziellen Filme, aber oft eigenwillige künstlerische Blüten.

Ich habe viele Filme gemacht, die rein aus der Improvisation mit den Schauspielern entstanden. Zum Beispiel: *Unsere Leichen leben noch* von 1981. Ich lud fünf ungewöhnliche ältere Damen in meine Wohnung in Berlin ein. Alle waren sehr unterschiedlich, von der Kriminalreporterin, einer alten Nazifrau bis zu einer Lesbe und der Jüdin Lotti Huber. Ich nahm ein ganzes Wochenende ihre Gespräche auf, ließ sie sich streiten und saufen, und sie erzählten aus ihrem Leben. Daraus machte ich ein Skript, und nachdem ich die Finanzierung durch Filmförderung und Fernsehen aufgetrieben hatte, drehte ich mit den Frauen mit neuen Improvisationen. Der Film wurde ein großer Erfolg, besonders bei jungen Leuten, die es großartig fanden, dass ihre Mütter beziehungsweise Großmütter so frech und wild und sexy waren.

Dann hatte ich 1989 die Idee, mit drei jungen deutschen Frauen, die in New York lebten, einen dokumentarischen Film zu drehen. *Überleben in New York* wurde mein kommerziell erfolgreichster Film. Ich hatte während des Drehs nicht ahnen können, wie dramatisch sich das Leben der jungen Frauen entwickeln würde. Eine, Uli aus Schwaben, liierte sich mit einem Ex-Vietnam-Soldaten, der im Drogenrausch einen Freund erschlug. Claudia wurde von ihrem Nachbarn brutal vergewaltigt, und Anna versuchte, mit Striptease ihr Studium zu finanzieren und lernte einen Richter kennen, der ihr eine Strip-Bar kaufte und sie heiratete.

Und 1995 drehte ich *Transexual Menace* über die politische Bewegung von Transidenten in Amerika. Wir zogen mit hundert Transfrauen und Transmännern nach Washington, um dort im Senat die Senatoren zu überzeugen, die Rechte von Transmenschen zu reformieren und zu stärken.

Eine Szene ist mir besonders in Erinnerung geblieben, wo mir ein lesbisches Pärchen vor der Kamera erzählt, dass eine von ihnen sich zum Mann transformieren ließ, was sie dann zu einem heterosexuellen Paar machte.

Ein paar Jahre später meinte die Partnerin, dass sie das Gleiche vorhatte. So lebten sie als zwei Männer in einer homosexuellen Gemeinschaft. Wunderbar.

Aber wir dürfen nicht vergessen, wie schwer es immer noch für transidente Personen in unserer Gesellschaft ist, anerkannt zu werden. Ich veranstalte damals mit dem Film einen großen Themenabend auf ARTE.

1999 drehte ich dann in Hollywood *Can I Be Your Bratwurst, Please?* mit meiner Tante Luzi und dem Pornostar Jeff Stryker.

2009 drehte ich meinen vorerst letzten Film in New York *New York Memories.*

Ich mochte New York nicht mehr. Es war teuer und etabliert. Der Underground in die Vorstädte vertrieben.

Zurück zu meinen täglichen Gedichten.
Am 27. August 2018 schrieb ich:
Wenn es am Himmel Alarm gibt
Dann schreien die göttlichen Katzen
Und die Pinguine hüpfen wild herum
Nur zwei bewahren die Ruhe
Das sind Jesus und Hitler

Von Jesus und Religion hatte ich als Schwuler die Nase voll, und von Hitler fühlte ich mich angeekelt und durch die Medien übersättigt.

Jesus und Hitler, die bis heute bekanntesten Personen mit Zehntausenden vielleicht Millionen Publikationen. Diese Kombination reizte mich dann zu einem Improfilm.

Ich drehte 2014 *Hitler und Jesus – Eine Liebesgeschichte* mit zwei wundersamen Schauspielern. Marcus Lachmann und Martin Ontrop und mit Jugendlichen im Theater in Brandenburg, eine Komödie. Ich benutze alle Klischees, die man sich denken kann. und ließ beide im Himmel aufeinandertreffen und sich lieben.

Ich war begeistert von dem Ergebnis und halte den Film immer noch für einen meiner besten Filme, leider bin ich damit allein. Es fand sich kein Verleih, und der Film verrottet in meinem DVD-Regal und wartet darauf, nach meinen Tode wiederentdeckt zu werden.

Zu dem Hitler-Thema kehrte ich 2020 zurück. Ich schrieb für das Deutsche Theater in Berlin das Stück *Hitlers Ziege oder die Hämorrhoiden des Königs.* Diesmal sind Hitler und Friedrich der Große mit ihrem Sexleben das Thema. Das Stück gewann den Jurypreis der Autorentage und läuft bis heute am Deutschen Theater in Berlin.

Hier noch mal die Geschichte von *Hitlers Ziege*. Ein Soldat im Zweiten Weltkrieg erzählte im Schützengraben, dass er mit Hitler und andern Jugendlichen im Alter von neun Jahren versuchte, einer Ziege in den Mund zu pinkeln. Dabei wurde Hitlers Penis beschädigt. Der Soldat kam vor das Kriegsgericht und wurde wegen Beleidigung des Führers erschossen, behauptete aber bis zuletzt, dass die Geschichte wahr sei.

In meinem Stück beziehe ich mich auch auf die Gegenwart und schrieb ein Lied für die AfD.

Das ich hier kurz vortragen möchte:

(Rosa singt)
AfD, AfD
Arschlöcher für Deutschland
AfD, AfD
Arschlöcher sind wir gerne, denn
Jeder Hund schnuppert erst am Arsch
Und genießt den Duft der Kacke
und Kühe pupsen oft und gern
Und verschmutzen die Luft. Das ist Natur.
AfD, AfD
Arschlöcher für Deutschland
AfD, AfD
Bald sind wir stark genug
Und wir machen Deutschland stolz
Und wir machen Deutschland stark

Ebenso stolz bin ich auf meinen Improvisationsfilm *Dein Herz in meinem Hirn* von 2005, inspiriert von dem Mord des Kannibalen von Rothenburg, der sein Opfer beim Sex tötete und danach auffraß.

Wir drehten in einem Haus in Spandau und benutzten alle Räume vom Keller bis zum Dach. Wieder spielte der geniale Martin Ontrop und der ebenso phantasievolle Martin Monitor die Hauptrollen. Im Film verwandelten sie sich in die demente Mutter, der alten Freundin, des neugierigen Polizisten.

Eine wunderbare Arbeit, aber das Thema des Films schreckte das Publikum ab.

Ich lernte aber auch mit mehr strukturierten Drehbüchern zu arbeiten, besonders dankbar bin ich dem Autor Nico Woche, der für mich das Buch *Härte* von Jürgen Lemke in ein Skript umwandelte.

Das Dokudrama von 2015 über einen Berliner Zuhälter ist einer meiner stärksten Filme. Der Täter Andreas Marquardt, der es geschafft hat, sich nach acht Jahren Knast ein bürgerliches Leben aufzubauen, erzählt im Film seine Geschichte. Sein Leben wird von Schauspielern im Studio mit filmischen Rückprojektionen erzählt.

Der Autor Nico Woche studiert hier in Leipzig am Literaturinstitut und wird betreut beim Schreiben seines ersten Romans – seit kurzem unterrichtet er auch an der Filmuni in Babelsberg.

Seit *Härte* sind Nico und ich ein Team. Wir haben eine Anzahl von Filmstoffen entwickelt und arbeiten an weiteren.

Nico half bei meinem Film *Darkroom* über einen schwulen Serienmörder, der seine Opfer mit K.-o.-Tropfen tötete, wieder drehten wir im Studio, diesmal mit Greenscreen-Hintergründen.

Mein neuster Film *Rex Gildo – Der letzte Tanz* entstand vor gemalten Kulissen.

Nun zittere ich meinem nächsten, vielleicht letzten Filmprojekt entgegen. *Zwanzig Jahre an der Peitsche.* Es beruht auf den Memoiren von Lady MacLaine, die lange im Parterre meines Hauses in Berlin ein Sado-Maso-Studio betrieben hatte. Ab und zu lud sie mich ein, zuzuschauen, wenn sie ihre Kunden quälte, und ich nahm mehrmals meine Studenten mit ins Studio, um ihnen klarzumachen, dass ein kreativer Beruf auch viel Leiden schafft und dass sie lernen sollten, mit Freude zu leiden. Lady MacLaine hat sich inzwischen selbst pensioniert, sie ist eine starke Frau, die ein hartes Leben hinter sich hat und es wie wenige in ihrer Branche geschafft hat, im Alter glücklich zu werden. Noch ist der Film nicht finanziert.

Jedes Mal das gleiche Spiel. Werde ich einen Fernsehsender finden, werde ich die nötige Filmförderung bekommen. Das Fernsehen zieht sich immer mehr aus Kino-Coproduktionen zurück, da die Kinosituation in Deutschland zurückgeht. Alle setzen auf Serien.

Natürlich habe ich auch Serienideen, mit Nico zusammen schrieb ich eine schwule Serie, die aber noch keinen Interessenten gefunden hat.

In meiner Schublade lagern mindestens dreißig entwickelte Filmstoffe, die es nicht zum fertigen Film geschafft haben.

Darunter *Die Geschichte der Homosexualität von der Steinzeit bis in die Zukunft.* Auf einem anderen Stern, der keine persönliche Sexualität mehr kennt, treffen zwei Außenseiter auf Professor Quark, der sie in seinem Raumschiff auf eine Zeitreise mitnimmt und sie in die Höhepunkte der schwul-lesbischen Geschichte eintauchen lässt.

Verfolgt von der Augenpolizei entfliehen sie auf einen Stern, auf dem Lesben und Schwule und Transgender fröhlich und frei zusammenleben, singen und tanzen können.

Wieder Zeit für ein Gedicht, das ich am 19.8.2018 geschrieben hatte:

Im Namen Gottes
Werden Autobahnen gebaut
Und Teddybären getauft
Und eine alte Frau überfahren
Und eine Motte beim Geschlechtsverkehr erschlagen, aber das Traurigste ist
Dass es keine Menschen mehr gibt
Seit die Roboter die Macht übernommen haben

Und noch ein aktuelles Gedicht:

Wo immer wir sind
Wir sind hier
Und nicht dort
Gegebenenfalls auf dem Baum
Gegenüber der Königin
Und wir lächeln
Und lassen uns ein
Mit der feindlichen Welt
Und sind genauso gemein
Wie die Ziegen im All

Was sagt uns dieses leicht philosophisch angehauchte Gedicht?

Versucht es ein Welträtsel zu lösen, aber was bedeuten die Ziegen im All? Vielleicht eine Anspielung auf die alten Griechen und ihre Vorstellung der Götter, die als Ziegen mit übernatürlichen Kräften ihr Unwesen trieben.

Was drängt mich dazu zu dichten?

Ist es, die Welt durch die Kunst begreifen zu wollen oder reine Selbstbefriedigung?

Das Gedicht als Penisersatz oder die Hoffnung, dass sich alles im Anus sammelt und dann mit einem mächtigen Furz explodiert.

Jeden Morgen wache ich auf und denke daran, wie schön es ist, ein Künstler zu sein, ein Freigeist, der Unsinn denken und fühlen kann, und dafür noch bezahlt wird.

Von wem eigentlich?

Zum Beispiel vom Literaturinstitut in Leipzig, das mir diese Vorlesung mit 4000 Euro vergütet. Das sind für mich fast zwei Monatsmieten, aber wie verdiene ich mir die restlichen Monatsmieten. Vielleicht mit Singen und Tanzen auf heißen Steinen in einem öffentlichen Marmorbad. Angetrieben von Stockschlägen muss ich so lange tanzen, bis ich zusammenbreche. Das ist die Strafe für mein sündiges Leben. Mohamed und Jesus stechen mit ihren Schwertern in meinen Anus und bleiben darin stecken. Jeder Schrei von mir wird aufgezeichnet und im schwulen Museum der Märtyrer veröffentlicht.

Nein.

Ich fange nochmal ganz von vorne an, neugeboren als subversives Eichhörnchen, als fetter Nusskuchen, als glotzende Klobrille, als Sahnetörtchen auf dem Asphalt.

Was motiviert mich, jeden Morgen aufzustehen und zu denken: »Ich schaffe das.«

Wir sitzen alle im gleichen Boot, und wir ertrinken gemeinsam, so wie meine Eltern beinahe bei Kriegsende bei der Überfahrt vom Baltikum nach Hamburg.

Ich glaube an Geister und sehe meine schöne, elegante, geisteskranke Mutter wie sie in die Welt ruft:

»Sei pervers, sei laut, sei unangenehm, sei frech, sei anders und bekloppt.«

Das hat mir gutgetan. Damals wusste ich noch nicht, dass ich ein Genie bin, dass mein Atem vergoldet ist wie meine Achseln und Fußnägel.

Erst neulich fand ich ein altes Tagebuch, und darin stand ein Satz von Tolstoi oder war es Angela Merkel:

»Mache nie etwas, was du nicht bereust. Träume nie vom Schnee im Sommer, und iss nie einen Wolf, der ein Schaf verschlungen hat.«

Heute bin ich aufgestanden mit dem Ziel, zu allen Menschen in Leipzig und Umgebung böse zu sein. Einfach gemein, gewalttätig und ungerecht, einfach verkehrt herum und zu schauen, was zurückkommt.

Vielleicht Liebe, Applaus, schöne Augen und Finger, die zart meine Lippen berühren. Was lerne ich daraus?

Nichts.

Zu meinem siebzigsten Geburtstag hatte ich die Idee, siebzig Filme zu machen und trug das meinem Redakteur beim rbb vor, dem Sender ARTE und der Filmförderung. Ich dachte, die erklären mich für verrückt. Das Gegenteil. Zwei Jahre durfte ich mit dem rbb-Produktionsauto durch Berlin fahren und 63 Porträts von bekannten und unbekannten Berlinern drehen. Darunter meine schwulen Nachbarn, der ehemalige Oberbürgermeister von Berlin, Schütz, der kurz danach starb. Ich machte einen Film mit dem Titel *Mösenmonat März* über eine lesbische Sexologin, die in ihrer Ausstellung den Pussymat aufstellte, wo sich Frauen ihre Möse fotografieren konnten, und sie legte Malbögen aus für Kinder, auf denen sie Vaginen ausmalen konnten.

Dann drehte ich noch sieben Spielfilme, einer *Der fröhliche Serienmörder* spielte im benachbarten Beelitz, wo ich mit einer Gruppe von Schauspielern in alten verfallenen Villen einen Serienmörder sein Unwesen treiben ließ, und in *Axel und Peter* ließ ich zwei dicke Schwule aufeinandertreffen, einen jungen und einen alten, gespielt von Axel Ranisch und dem legendären Peter Kern.

Alle siebzig Filme wurden beim Filmfestival in Hof uraufgeführt und kamen dann in die Kinos, alle jeweils an Wochenenden.

Im rbb-Fernsehen lief der größte Teil der Filme von 20.15 Uhr bis morgens um 8.00 Uhr – eine Fernsehsensation, die groß beworben wurde.

Eigentlich ein Grund, sich nach einem solchen Höhepunkt das Leben zu nehmen, aber das habe ich verpasst.

Eigentlich hatte ich meinen öffentlichen Selbstmord schon mit vierzig angekündigt. Ich wollte mir ein Krokodil als Haustier anschaffen und mich von ihm vor meinen engsten Freunden verschlingen lassen, aber das verbot mir mein damaliger Freund Mike Shephard, den ich 1977 in Florida kennen und lieben gelernt habe, der mit mir um die Welt zog, um mir bei meinen Filmen zu helfen, der mit mir 1980 nach Berlin zog und bis heute mein wichtigster Mitarbeiter ist. Aus Liebe ist ein brüderliches Verhältnis geworden. Nun sind es schon 45 Jahre, die wir zusammenarbeiten. Mike hat sich zu einem Computer-Genie entwickelt, macht den Schnitt meiner Filme, die Postproduktion und hilft mir bei allen technischen und künstlerischen Problemen. Wie kommt es, dass uns das Schicksal zusammengeführt hat?

Zu seinem 67. Geburtstag schrieb ich ihm dieses Liebesgedicht:

Noch sind wir jung
Und können lieben
Noch sind wir blutjung
Und können weinen
Noch sind wir unsterblich
Und können uns sie Hände geben
Und friedlich in die Augen schaun
Noch sind wir jung
Und haben Flügel
Die uns über Wolken tragen
Bis hin zum Mond
Und tausend Sternen
Hab Dank für Deine Liebe
Und Dank für Deine schönen Augen.

Fünf Jahre waren wir ein Liebespaar, aber danach immer beruflich verbunden. Vor vierzehn Jahren kam Oliver in mein Leben, seitdem wohnen wir ganz harmonisch zu dritt in unserer Berliner Wohnung, die wir oft auch als Produktionsstätte nutzen.

Oliver ist Sozialpädagoge, hat aber eine große künstlerische Begabung, machte einen Film über seine Zwangserkrankung, *Wie ich lernte die Zahlen zu lieben*, und schrieb zwei Bücher, mit denen er anderen Betroffenen hilft. Er leidet an magischen Zwangsgedanken, das betrifft hauptsächlich Zahlen und Farben, die er nach einem genauen Muster beobachtet und gegebenenfalls neutralisieren muss. Wenn ihm das nicht gelingt, glaubt er, dass man ihn vernichten wird.

Unsere Liebe hat dazu beigetragen, dass es ihm besser geht. Er beobachtet im Netz, wo in der Welt Filme von mir gespielt werden oder wer was über mich und meine Arbeit zu sagen hat, um es auf Facebook zu veröffentlichen.

Oliver ist das große Glück meines Alters.

Gerade hat er herausgefunden, dass sich der Komiker Hape Kerkeling dreißig Jahre nach meinem Outing positiv dazu geäußert hat: das wäre das Beste, was ihm hätte passieren können, endlich offen als Schwuler leben und lieben zu können.

1991 sah das anders aus, als ich auf dem Höhepunkt der Aids-Krise in der RTL-Fernsehsendung die beliebten Entertainer Biolek und Kerkeling als schwul outete. Der Grund war, Solidarität einzufordern in einer Situation, wo reihenweise Schwule an Aids starben, und ich darum warb, dass gerade Prominente in dieser Zeit, in der Schwule wieder diskriminiert wurden, öffentlich Stellung nehmen.

Die Reaktion war ein nationaler Aufschrei. Die *Bild-Zeitung* schrieb auf ihrem Titel »Pfui Rosa«. TV-Gewaltige forderten ein Berufsverbot, und eine Zeitung veröffentlichte meine private Adresse und rief zum Mord an mir auf.

Das war eine schwere Zeit für mich, besonders, weil viele schwule Freunde sich von mir abwandten.

Trotzdem machte ich weiter.

1991 gründete ich mit einigen getreuen Tunten das schwule Fernsehen *Schrill, schräg und schwul*, das ich auf einem Berliner Kabelkanal selber finanzierte. Das war viel Arbeit und ein riesen Spaß. Vieles drehte ich vor bemalten Kulissen in meinem Wohnzimmer.

Als sich RTL meldete und plante, es ins Programm zu nehmen, machte ich den Fehler, bei einem Interview einer Züricher Stadtzeitung RTL zu beschuldigen, alles nur aus kommerzieller Berechnung zu tun, genauso würden sie Bibel TV oder Neonazi-Sendungen finanzieren, wenn sie dächten, dass die populär wären. Das nahm man mir bei RTL übel und sie sagten ab.

1992 drehte ich einen erfolgreichen Film über den Transvestiten Charlotte von Mahlsdorf, *Ich bin meine eigene Frau*, der international lief.

Viele Filme folgten, ich stürzte mich auf schwule Geschichte und war aktiv in der großen Berliner Ausstellung in der ehrwürdigen Akademie der Künste, *100 Jahre Schwulenbewegung*.

Die Schwulen etablieren sich immer mehr in Politik und Gesellschaft. In den Medien gab und gibt es kaum eine Serie ohne eine schwule oder lesbische Nebenrolle. Als Klaus Wowereit zum Oberbürgermeister von Berlin gewählt wurde und den berühmten Satz sagte »Ich bin schwul und das ist gut so« und als ich das Bundesverdienstkreuz bekam, schienen die

Schwulen in der Gesellschaft angekommen zu sein. Aber es gab immer wieder Rückschläge. In Polen, Ungarn und Russland werden Schwule immer noch diskriminiert. Afrika und Asien ist generell schwulenfeindlich. Im Iran gibt es die Todesstrafe für Homosexuelle. Dieser Schwulenhass schwappt auch zu uns. Es sind religiöse, christlich oder muslimische Fanatiker, die zu uns kommen und sich offen antisemitisch, frauenfeindlich und homophob äußern. Besonders in Kindergärten und Schulen muss verstärkt Aufklärung gemacht werden.

Kampfgeist ist weiterhin gefragt. Wir müssen unsere Demokratie immer wieder verteidigen.

Als ich 2005 meinen Film *Männer, Helden, schwule Nazis* drehte fand ich heraus, wie viele Neonazis perverserweise schwul waren und sind. Schamlos stellt sich jetzt Alice Weidel als Lesbe in der AfD zur Schau und verbreitet Hass gegen Ausländer, obwohl sie selbst mit einer Frau aus einem anderen Kulturkreis zusammenlebt.

Das Bittere ist, dass Schwule und Lesben nicht dagegen gefeit sind, andere Minderheiten zu diskriminieren. Inzwischen haben sie ein Stück Freiheit bekommen und fühlen sich dabei wohl. Viele denken nicht daran, politisch wach zu bleiben und immer wieder für den Erhalt demokratischer Freiheiten zu kämpfen.

Eines meiner letzten Gedichte lautet:

Schönheit ist vergänglich
Und Jugend auch
Aber daneben gibt es
Die Bäume und die Tiere
Mit denen man kuscheln kann
Ein großer Baum in meinem Bett
Mit tausend Löchern
In denen Spechte nisten
Und ein grüner Rasen
Der singt
Und ich liege darunter
Und träume von mir

Eigentlich wollte ich mit einem Gesangsmedley aus meiner neuen Oper *Brumm Brumm* enden, eine Liebesgeschichte von einem afrikanischen und chinesischen Studenten in Berlin, die ihre Liebe in ihren Landessprachen ausdrücken.

Aber einige mögen das rassistisch finden, dass ich eine andere Sprache unkorrekt vortrage, aber ich bin der Meinung, dass Nachahmung eine hohe Kunst ist. Deshalb nur die deutsche Übersetzung eines der Lieder:

Es waren stille Wasser
Die sich selber tranken
Und es war der Mond
Der in unsere sieben Herzen leuchtet
Und es ist die Liebe
Die vorne groß ist und auch hinten

Nun gut, statt Chinesisch ende ich lieber mit einem deutschen Weihnachtslied, das wir gemeinsam singen können:

»Stille Nacht ...«

Ich danke Ihnen.

Die Autorinnen und Autoren

DOROTHEA AHLEMEYER arbeitete als Journalistin, Pädagogin, Uni-Dozentin und Autorin. Sie schreibt Stücke und liest und spielt sie in Kleingärten und Großraumkinos sowie für ihre beiden Söhne.

MATTHIAS BICKENBACH ist Privatdozent für Medienwissenschaft und Literaturwissenschaft an der Universität zu Köln. Er vertritt dort zurzeit eine Professur für Deutsche Philologie. Seine Arbeitsschwerpunkte sind die Geschichte und Theorie der Medien; Poetik und Romantheorie; Romantik; Intermedialität. Ausgewählte Veröffentlichungen: *Das Autorenfoto in der Medienevolution. Anachronie einer Norm* (München 2010); zus. mit Harun Maye: *Metapher Internet. Literarische Bildung und Surfen* (Berlin 2009); *Von den Möglichkeiten einer ›inneren‹ Geschichte des Lesens* (Tübingen 1999).

FRIEDRICH W. BLOCK, 1960 in Berlin geboren. Kurator, Autor, Künstler; Leiter der Stiftung Brückner-Kühner und des Kunsttempels in Kassel. Mit F. Emmerling Kurator des Projekts *Ungehaltene Reden ungehaltener Frauen*. Zuletzt erschienen: *Grenzen der Komik* (Aisthesis 2020, hg. mit U. Wirth), *Im Übergang. Texte zur Poesie* (Ritter 2018), *Kunst und Komik* (Aisthesis 2018, hg.) und *poesis. Rückblick auf die digitale Poesie* (Ritter 2015).

ANJA BRACHWITZ, geboren 1984 in Lutherstadt Wittenberg, studierte Kommunikations- und Wirtschaftswissenschaften. Sie arbeitet als Partner Managerin für Marken und ist nebenbei Spieleerfinderin.

FRIEDERIKE EMMERLING, geboren 1974, kam 2002 als Lektorin zu S. Fischer Theater, wo sie für den Aufbau deutschsprachiger Dramatik zuständig war. 2017 übernahm sie gemeinsam mit B. Walther die Leitung des S. Fischer Theater- und Audiobereichs. Mit F. W. Block Kuratorin des Projekts *Ungehaltene Reden ungehaltener Frauen*.

LARS FRIEDRICH, geboren 1973, ist Wissenschaftlicher Mitarbeiter am Institut für deutsche Literatur und ihre Didaktik an der Johann Wolfgang Goethe-Universität Frankfurt am Main. Seine Arbeitsschwerpunkte sind Literatur- und Medientheorie, Rhetorik, Geschichte der Gattungspoetik, Politische Theologie. Ausgewählte Veröffentlichungen: zus. m. Eva Geulen und Kirk Wetters (Hg.): *Das Dämonische. Schicksale einer Kategorie der Zweideutig-*

keit (München 2013); *Der Achill-Komplex. Versuch einer dekonstruktiven Gattungspoetik* (München 2009).

NORA GOMRINGER hat zahlreiche Lyrikbände vorgelegt und schreibt für Rundfunk und Feuilleton. Neben zahlreichen anderen Auszeichnungen sowie Aufenthaltsstipendien in Venedig, New York, Ahrenshoop, Nowosibirsk und Kyoto wurde ihr 2012 der Joachim-Ringelnatz-Preis für Lyrik zuerkannt. 2015 erhielt sie den Ingeborg-Bachmann-Preis und 2019 war sie Max-Kade-Professorin des Oberlin College and Conservatory in Ohio. Nora Gomringer lebt in Bamberg, wo sie das Internationale Künstlerhaus Villa Concordia als Direktorin leitet.

MARLENE-SOPHIE HAAGEN wurde in Mainz geboren und studierte Schauspiel in Hannover. Jetzt arbeitet sie als Schauspielerin, schreibt Hörspiele und bleibt entsetzt übers Patriarchat.

VERENA JOOS, geboren 1951 in Lörrach, studierte Germanistik und Philosophie. Sie arbeitete als Dramaturgin, u. a. am Staatstheater Kassel, und ist heute in Wien als freiberufliche Journalistin und Autorin dramatischer wie essayistischer Texte tätig.

LENA KRUG, geboren 2005 in Kassel, besucht zurzeit die 11. Klasse der Jacob-Grimm-Schule in Kassel. Seit ihrer Kindheit liebt sie die Welt der Bücher und schreibt mit Begeisterung eigene Texte und Geschichten.

KATJA LANGE-MÜLLER, geboren 1951 in Ostberlin, lernte Schriftsetzerin und arbeitete als Hilfspflegerin auf psychiatrischen Stationen. Sie lebte ein Jahr in der Mongolei und verließ die DDR 1984. 1986 erhielt sie den Ingeborg-Bachmann-Preis, 1995 den Alfred-Döblin-Preis und nach zahlreichen weiteren Auszeichnungen 2013 den Kleist-Preis und 2017 den Günter-Grass-Preis. Ihr Roman *Böse Schafe* war auf der Shortlist für den Deutschen Buchpreis 2007. Darüber hinaus erschienen u. a. die Bände *Verfrühte Tierliebe*, *Die Letzten*, *Die Enten, die Frauen und die Wahrheit* und *Drehtür*.

MICHAEL LENTZ, 1964 in Düren geboren, lebt in Berlin. Autor, Musiker, Herausgeber. Zuletzt erschienen: *Pazifik Exil* (Roman), *Warum wir also hier sind* (Theaterstück), *Offene Unruh* (Gedichte), die Essay- und Aufsatzsammlung *Textleben*, die Frankfurter Poetikvorlesungen *Atmen Ordnung Abgrund*, *Schattenfroh. Ein Requiem* (Roman) und *Innehaben. Schattenfroh und die Bilder*, alle bei S. Fischer und bei Fischer Taschenbuch.

MAELENE CARLOTTA LINDGREN ist Journalistin und Anti-Bias-Multiplikatorin und studiert Soziale Arbeit und Kommunikationspsychologie. Sie setzt sich für die Sichtbarkeit und Akzeptanz von Diversität und für intersektionale Anti-Diskriminierungs-Arbeit ein.

SELMA MATTER, geboren in Zürich, studiert Szenisches Schreiben an der Universität der Künste Berlin. Sie schreibt allein und in unterschiedlichen kollektiven Konstellationen. Derzeit arbeitet sie mit Marie Lucienne Verse an einem zweiten gemeinsamen Theaterstück und zusammen mit Nora Kühnhold an einer Stückentwicklung am LICHTHOF Theater Hamburg.

MIRIAM MIEDLER ist als Kind der Neunziger in Wien geboren und im Umland aufgewachsen. Sie studierte Theaterwissenschaft und Psychologie. Hauptberuflich arbeitet sie mit und für Menschen, zwischendurch schreibt sie Geschichten auf.

MARIA MILISAVLJEVIĆ, geboren 1982 im Sauerland, promovierte in Englischer Kulturwissenschaft und arbeitet als Theaterautorin, freie Dramaturgin und Übersetzerin.

HANNAH PERLETH, geboren 1997 in München, studierte Skandinavistik und Amerikanistik und nun im Master »Ethik der Textkulturen« an der FAU Erlangen. Neben dem Studium arbeitete sie als Regieassistentin am Staatstheater Nürnberg.

ROSA VON PRAUNHEIM, geboren 1942 in Riga, ist ein international bekannter Filmregisseur und Autor und seit den 1970er-Jahren eine Galionsfigur der politischen Schwulenbewegung in Deutschland. Seine Spiel- und Dokumentarfilme wurden vielfach ausgezeichnet, unter anderem mit dem Deutschen Filmpreis und dem Grimme-Preis. Im Jahr 2020 wurde er mit dem Max-Ophüls-Ehrenpreis für sein Lebenswerk geehrt.

OLGA PROKOT, geboren 1983 in Bonn, studierte bis 2009 Schauspiel an der Alanus Hochschule Alfter. Sie lebt in Köln und ist neben ihren Engagements an deutschsprachigen Theatern immer wieder in Film und Fernsehen zu sehen und schreibt und verwirklicht eigene Formate. www.olgaprokot.de

JAN VOLKER RÖHNERT, 1976 in Gera geboren, lebt seit 2018 in Leipzig und unterrichtet in Braunschweig. Zuletzt erschienen die Übersetzungen von Ron Padgetts Gedichten *Die schönsten Streichhölzer der Welt* (DVB Mainz 2017), der Gedichtband *Breughels Affen* (Elif 2019) und in der Reihe Naturkunden *Vom Gehen im Karst* (MSB 2021).

SANDRA ROSAS, geboren im Bundesland Estado de México, ist Schriftstellerin und Dichterin. Sie veröffentlichte ihren ersten zweisprachigen Gedichtband, *Blinde Pupillen* 2019 beim KLAK VERLAG und war Stipendiatin des Künstlerdorf Schöppingen 2021.

ÇAĞLA ŞAHIN ist 24 Jahre alt und in Kassel geboren und aufgewachsen. Aktuell studiert sie Schauspiel an der Bayerischen Theaterakademie August Everding in München.

STEFANIE SARGNAGEL, geboren 1986, studierte in der von Daniel Richter angeleiteten Klasse der Akademie der Bildenden Künste Wien Malerei. Seit 2016 ist sie freie Autorin. Sie erhielt den BKS-Bank-Publikumspreis beim Wettbewerb zum Ingeborg-Bachmann-Preis 2016. Ihre beiden Bücher *Statusmeldungen* und *Dicht* waren Bestseller, *Statusmeldungen* wurde für das Kino verfilmt.

MARIE-ALICE SCHULTZ studierte Bildende Kunst in Wien. Ihr Debütroman *Mikadowälder* (Rowohlt) wurde 2019 veröffentlicht, im nächsten Frühjahr erscheint *Der halbe Apfel* (FVA).

KARIN SCHWALM ist pensionierte Lehrerin und seit den 1980er Jahren in der Friedensbewegung aktiv. Aktuell engagiert sie sich im Marburger Bündnis »Nein zum Krieg«.

PAULA THIELECKE, seit 1990 aus Berlin, ist Regisseurin, Dramatikerin, Schauspielerin, Performancekünstlerin, Moderatorin und BIFI ANNA TANKE. Ihr Text *JUDITH SHAKESPEARE – RAPE AND REVENGE* wurde 2021 für den Retzhofer Dramapreis nominiert, ist 2021/22 einer der drei Gewinnertexte der Autor:innentheatertage des Deutschen Theaters Berlin und ist 2022 für den Heidelberger Stückemarkt nominiert. Bis das Stück ins Kino kommt, beschäftigt sie sich mit Braunkohle, Eisen und Libellen.

JULIA TROMPETER, geboren 1980, lebt mit ihrer Familie in Berlin. Für ihre Romane und Gedichte, erschienen bei Schöffling & Co., erhielt sie diverse Auszeichnungen. Sie ist zudem als Autorin für den Rundfunk tätig. www.juliatrompeter.de